まぼろしの薬売り

楠　章子・作
トミイマサコ・絵

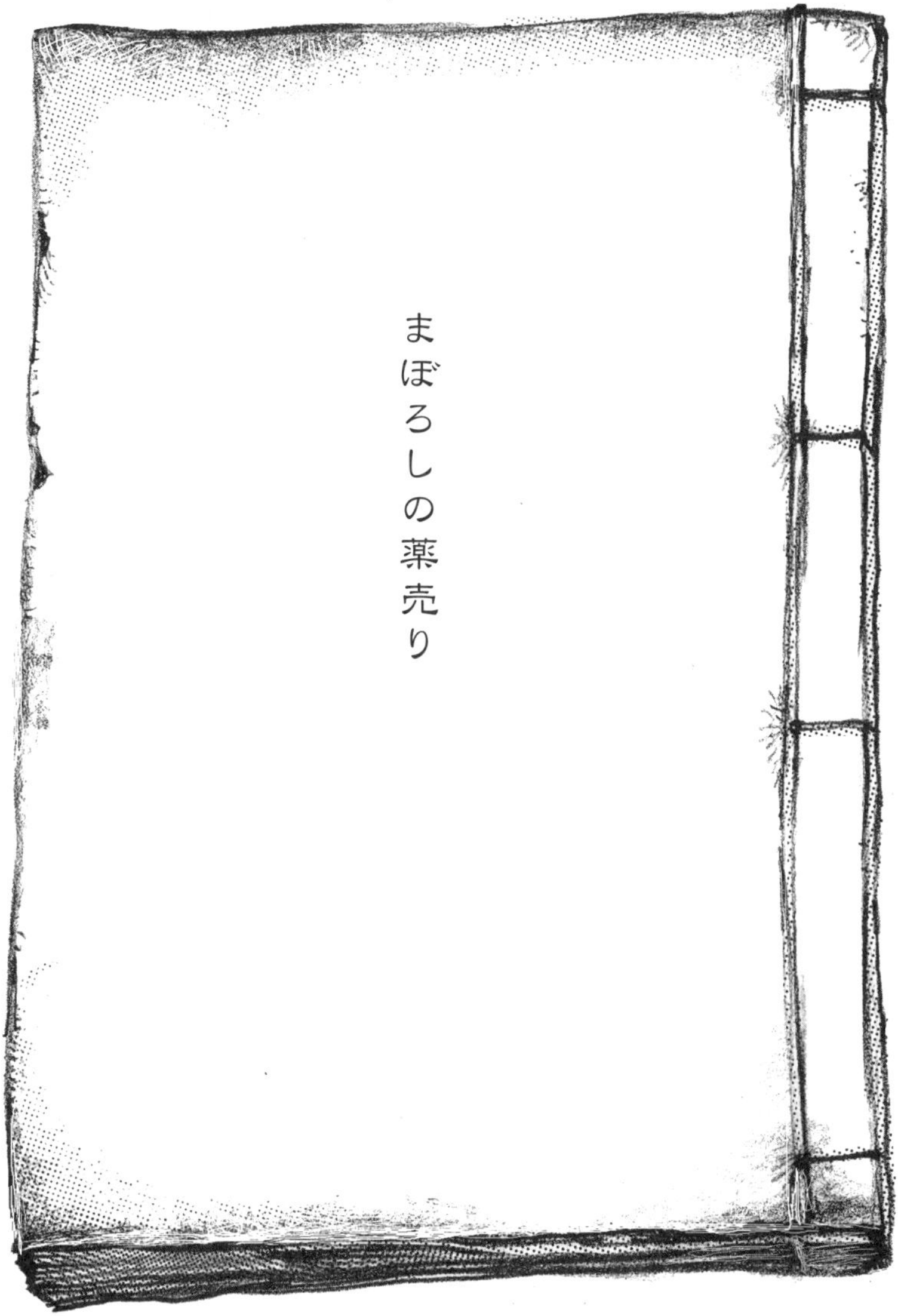
まぼろしの薬売り

時は、江戸《えど》から明治になったばかり。

都会では、西洋の文明が広まり、新しい風がふきはじめていたが、

山おくや海辺《うみべ》の小さな村には、風は、まだまだはるか遠いものだった。

そんな都会から遠くはなれた土地に、

魔法《まほう》のような薬を、売りに歩いたひとりの男がいた。

男は旅のくらしを続《つづ》けながら、みずから薬を作った。

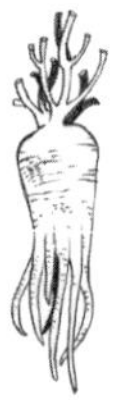

彼《かれ》の薬作りの知識《ちしき》と才能《さいのう》は、
ほかの薬売りたちが、うらやむほどであった。
組合に属《ぞく》さず、自由な商売を続《つづ》けた彼《かれ》のことを、
人は、まぼろしの薬売りとよんだ。
彼《かれ》は家族《かぞく》も、帰るところもなく、孤独《こどく》な身の上であったが、
ひとりの少年が、旅をともにしていたという。

もくじ

椿《つばき》屋《や》敷《しき》の娘《むすめ》……7
なみだ病の生き残《のこ》り……45
バカ吉《きち》の薬……85
土もこの目玉……127

椿《つばき》屋《や》敷《しき》の娘《むすめ》

山道をやっとぬけ、村が見えた。

すれちがうのは、ウサギやタヌキばかりだったので、ひさしぶりに、同じ年ごろの子どもと会えるかと思うと、小雨《こさめ》は元気がでてきた。

「お師匠《ししょう》、早くー」

かけだした小雨《こさめ》は、うしろをふりかえり、ぶんぶん手をふる。

「そういわれても。この柳行李《やなぎごうり》、重たいんですから」

師匠《ししょう》とよばれる男は、よいしょっと、ふろしきづつみを背負《せお》い直した。

ふろしきには、大きな柳行李《やなぎごうり》が、つつまれている。柳行李《やなぎごうり》の中には、薬がぎっしり。ガラスビンに入っている薬もあり、なかなかの重さである。だから、ゆっくりしか歩けないのだ。

「もうっ、先に行くよー」

待ちきれない小雨《こさめ》は、えらそうにいうと、またかけだした。

「そんなに急がなくたって、村は逃《に》げていきゃしないのに」

男は、せっかちな弟子《でし》のうしろすがたを見ながら、ほほえんだ。


かつて大和国《やまとのくに》とよばれた土地にある村は、豊《ゆた》かそうだった。

きょう食う物に、こまっているようには見えない。

畑には、野菜《やさい》がりっぱに育っているし、とりや馬も飼《か》っている。町のように、りっぱな家はないが、そまつながら、住《す》みやすそうな家がならんでいる。

(おっかさんがいて、おとっさんがいて、ばばさまやじじさまもいて、きょうだい何人もいて……そんで、みんなで、あったかいおまんま、毎日食べてるんだろうなあ)

いいなあーと、小雨《こさめ》は思った。

うらやましくて、さみしくて、鼻のおくがつんとした。

「おまえ、旅のもんか？」

気がつくと、男の子がついてきていた。

小雨《こさめ》と同じ十歳《さい》ぐらいだろうか。

「そうだよ。あの山、こえてきたんだ」

小雨《こさめ》がむこうの山を指さすと、男の子は、

「へえー。おら、村のもんじゃない子に会ったん、生まれてはじめてや」

と、目をかがやかせた。

「名前は？」

「小雨《こさめ》」

「おら、千太郎《せんたろう》。一太郎《いちたろう》より百太郎《ひゃくたろう》より上の千太郎《せんたろう》や。がははは っ」

千太郎《せんたろう》は笑《わら》った。

口の大きな男の子で、笑《わら》うと、口はもっと大きくなった。畑仕事をぬけだしてきたのか、手が土でよごれている。

「ひとりできたんか？」

千太郎《せんたろう》は、聞いた。

「ううん。お師匠《ししょう》と」

小雨《こさめ》は、ふろしきづつみを重そうに背負《せお》い、あとからのっそりのっそり歩いてくる男に目をやった。

「へえー、お師匠《ししょう》って……。おまえ、旅芸人《たびげいにん》なん！　どんな芸《げい》ができるん？　うた、三味線《しゃみせん》、おどり、それとももっとおもしろいことかい⁉」

千太郎《せんたろう》は、ますます目をかがやかせた。

小雨《こさめ》は、ぶんぶん首をふった。

「ちがうよ、ちがう。お師匠《ししょう》は、笛をふくけど芸人《げいにん》じゃないよっ」

千太郎《せんたろう》が、なーんだとがっかりしたところに、やっと男が追いついてきた。

「ふうー」

男は息をはくと、腰《こし》にさげたてぬぐいで、ひたいの汗《あせ》をふいた。

千太郎《せんたろう》は、男の顔をのぞきこみ、

「旅役者じゃないのかい？」

と、確認《かくにん》した。

「いえいえ。旅をしながら、くらしていますが……」

首をふる男は、歌舞伎《かぶき》の女役のように美しく、千太郎《せんたろう》は、年に一度だけ村にやってくる旅芸人《たびげいにん》の一座《いちざ》を思いだした。

「やっぱり役者さんやろ？」

「だから、ちがうってばあ」

小雨《こさめ》が、あきれたようにいった。

「じゃあ、旅のなにや？」

千太郎《せんたろう》は、男の顔を見た。

「薬売りですよ、旅の薬売り、天野時雨《あまのしぐれ》ともうします」

男は、にっこりほほえんだ。

「薬売りかあ」

千太郎《せんたろう》は、めずらしそうだ。

「椿屋敷《つばきやしき》は、まだありますか？」

時雨《しぐれ》がたずねたら、

「あるに決まってる。あんなに大きなお屋敷《やしき》が、なくなってしまったらたいへんや」

と、千太郎《せんたろう》はいった。

「そうですか。コウさんは、お元気で？」

時雨《しぐれ》がさらにそう問うと、千太郎《せんたろう》は口をつぐんだ。

かわりに、やりとりを聞いていた小雨《こさめ》が口をはさむ。

「お師匠《ししょう》、ここにもきたことがあるんだ。すっげー」

「ええ、まあ」

大げさに感心されてしまい、時雨《しぐれ》はてれた。

さて、椿屋敷《つばきやしき》に用があるという時雨《しぐれ》に、もちろん小雨《こさめ》はついていき、なぜか千太郎《せんたろう》もくっついてきた。

「場所はおぼえてますから、だいじょうぶですよ」

時雨《しぐれ》は、千太郎《せんたろう》に気をつかったが、千太郎《せんたろう》は畑仕事にもどるつもりはないようだ。

歩きながら、千太郎《せんたろう》は小雨《こさめ》に耳うちした。

「コウちゃんのことは、村じゃ、だれも大きな声で話さへん」

「なんで？」

小雨《こさめ》は、小声で聞きかえした。

「おっそろしい病《やま》いに、かかってるからや」

千太郎《せんたろう》は、顔をこわばらせた。

椿屋敷《つばきやしき》のコウは、今年十三歳《さい》。あいそがよくて、やさしい子だった。

村の子どもたちと仲《なか》よくあそび、千太郎《せんたろう》も、お屋敷《やしき》になんどとなくまねいてもらった。

コウの父矢之助《やのすけ》は、ひとり娘《むすめ》のコウのことをたいへんかわいがり、母トキも、目の中に入れても痛《いた》くないというほど。コウがお屋敷《やしき》に友だちをつれてくれば、おかしやくだものをだして、こころよくむかえた。

村一番のお金持ちのおじょうさんなのに、コウは気どったところがなく、千太郎《せんたろう》も村の子どもたちも、そんなコウのことが大好《だいす》きだった。

数年前からである。コウのおかしな行動を見たという者があらわれた。

「髪《かみ》ふりみだして、ものすごいいきおいで、田んぼのあぜ道を走ってたんよ。しかも、はだしやった」

と、話す者もいれば、

「ほうけたみたいに、ふらふら歩いてたで。たましいをぬかれたみたいやった。コウちゃんって声をかけても、聞こえてないみたいでな」

と、話す者もいた。

千太郎《せんたろう》も、コウのおかしさに気づいていた。

いつものようにあそんでいると、急に頭が痛《いた》いといって、こわい顔をして帰ってしまったり、今まではそんなことなかったのに、ささいなことで、火がついたように怒《おこ》りだしたり。

どちらかというとおっとりしていて、おだやかな性格《せいかく》だったコウの変化《へんか》に、みんなぽかんとしてしまうことが、たびたびあった。

そのうち、こんな話がでた。

「夜、椿《つばき》屋敷《やしき》のおじょうさんを見たで。ひとりでな、道にうずくまってた。気分でも悪いんかって声をかけたら、なんと、ま、口に野ネズミをくわえてたんや。血のしたたるネズミをやで。びっくりするこちらを見る目は、まるでけものみたいだったんやから」

野ネズミの話は、またたく間に、村中に広がった。

悪い病気にかかったんじゃないか、心の病《やま》いじゃないか、いや、キツネにとりつかれたのではと、こそこそ村のみんなはうわさした。

それから、ほどなく。矢之助《やのすけ》は、コウを屋敷《やしき》からださなくなった。おしゃべり好《ず》きだったトキは、必要《ひつよう》なこと以《い》外《がい》は村のだれとも話さなくなり、屋敷《やしき》の外では、下をむいて歩くようになった。

「もうコウちゃんに、会えへんのかなあ」

千太郎《せんたろう》は、しょんぼりうつむいた。

「お師匠《ししょう》は、これでもりっぱな薬売りだから、どんな病《やま》いだって治《なお》してみせるさ」

小雨《こさめ》は、千太郎《せんたろう》をはげました。

ふたりのこそこそ話は、とちゅうから、それほど小さな声でなくなっていた。聞こえないふりをしていたが、自然《しぜん》と時雨《しぐれ》の耳にとどいていた。

椿屋敷《つばきやしき》の名前の由来は、庭にあるりっぱな椿《つばき》の木からきている。古い大きな椿《つばき》は、塀《へい》をこえて幹《みき》をひろげ、屋敷《やしき》の外からでも楽しめる。

椿《つばき》の花は、ちょうど見ごろだ。

髪《かみ》かざりのような椿《つばき》の赤い花が、のびのびとのびた枝々《えだえだ》に、みごとについていた。

「わあー、きれーだなあ」

小雨《こさめ》は、椿《つばき》の花に見とれた。

「ぼくもさいているのは、はじめて見る。前におうかがいしたときは、まださいてなかったからね」

時雨《しぐれ》も、うれしそうに見あげた。

そこへ、屋敷《やしき》の中から、前かけをした小間づかいの娘《むすめ》があらわれた。

「も、もしかして、あなたさまは、旅の薬売りの時雨《しぐれ》さまですか!?」

娘《むすめ》は、いきなりたずねた。

「え、ええ。そうですけど」

時雨《しぐれ》がきょとんとしていると、娘《むすめ》は、ぐいと時雨《しぐれ》のうでをつかみ、大声で主人をよんだ。

「だんなさまー。こられましたよー!」

時雨《しぐれ》は、娘《むすめ》にひっぱられ、どんどん屋敷《やしき》の中につれていかれた。

小雨《こさめ》と千太郎《せんたろう》も、置《お》いていかれないように、あわててついていく。

娘《むすめ》の大声に、矢之助《やのすけ》とトキは、おくから飛《と》びだしてきた。

目を見開き、時雨《しぐれ》を見つめる矢之助《やのすけ》に、時雨《しぐれ》はぼうしをぬいで、頭をさげた。

「おひさしぶりでございます」

ていねいなあいさつにあわせ、小雨《こさめ》も弟子《でし》らしく、おじぎをした。

矢之助《やのすけ》はいった。

「待ってましたよ……それはもう毎日、いつこられるか、いつこられるかと。わたしらは、あなたさまの薬だけがたよりなんや。使用人たちにも、時雨《しぐれ》さまがこられたら、すぐに知らせるように、よくもうしつけて」

「ああ、それで」

時雨《しぐれ》は、前かけをした娘《むすめ》を見た。娘《むすめ》はすまなそうに、

「大きなふろしきづつみを背負《せお》った、美形の男があらわれたら、それは薬売りの時雨《しぐれ》さまや、すぐにお知らせするようにって。ご奉公《ほうこう》にあがった日から聞いてました。あたし、こうふんしてしもて」

と、早口であやまった。

「美形だなんて」

時雨《しぐれ》が否定《ひてい》すると、トキがすがるように手をのばしてきた。

「す、すぐに、コウをみてやってください」

青白い顔のトキは、そういうと、ふらっとよろけて、矢之助《やのすけ》のほうにたおれこんだ。

時雨《しぐれ》は、トキにかけより、胸《むな》もとから小さな印籠《いんろう》をだすと、その中の丸《がん》薬《やく》をひとつぶ、トキの口にほうりこんだ。

トキは、細く目を開けて、

「コウを……」

と、細い声でまたいった。

つかれ、すっかりやつれてしまった顔を見て、以前《いぜん》のふくよかだったトキとは別人《べつじん》のようだと、時雨《しぐれ》は思った。

「コウさんは、あまりよくないようですね」

「ええ。もういただいた薬もききません」

時雨《しぐれ》の質問《しつもん》に、矢之助《やのすけ》は、ため息まじりで答えた。

おだやかな時雨《しぐれ》の目つきが、きびしくなった。

「コウさんのところに、案内《あんない》してください」

「……どうぞ、こちらへ」

矢之助《やのすけ》は、トキを小間づかいの娘にあずけると、ろうかを先に歩きだした。

それに時雨《しぐれ》が続《つづ》くと、小雨《こさめ》、千太郎《せんたろう》もついてくる。

時雨《しぐれ》は、くるりとふりかえり、

「こないほうがいい」

と、小雨《こさめ》と千太郎《せんたろう》につげた。

「いやだ、行くよ。弟子《でし》だもん」

小雨《こさめ》はムッとし、千太郎《せんたろう》も、

「おらも、コウちゃん、気になるし」

と、いいはる。

時雨《しぐれ》は少し考え、念《ねん》をおした。

「コウさんがどんなすがたになっていても、ちゃんと見ることができるね、ぜったい悲鳴をあげたり、こわがったりしないね」

「しないっ」

小雨《こさめ》は胸《むね》をはった。

千太郎《せんたろう》は、実は自信《じしん》がないけれど、コウのことが気になる。

「お、おらも、だいじょうぶやっ」

それを聞いた時雨《しぐれ》は、ふたりもつれていくことを、矢之助《やのすけ》にゆるしてもらった。

「わかりました。時雨《しぐれ》さまが、どうしても三人でとおっしゃるのなら……」

矢之助《やのすけ》は、できれば時雨《しぐれ》だけにきてほしいようである。

とくに村の子どもである千太郎《せんたろう》には、きてほしくないのだろう。

「口はかたいほうだから、安心してや」

そんな矢之助《やのすけ》の心の中を察《さっ》して、千太郎《せんたろう》はいった。

時雨《しぐれ》たちは、屋敷《やしき》のおくへおくへと案内《あんない》された。

屋敷《やしき》は、おくへ行けば行くほど、陽《ひ》がささずうす暗《ぐら》くなっていく。

重くしめっぽい空気が、よどんでいる。のどの深くまでその空気が入りこんできて、息ぐるしい。

「ここでございます」

矢之助《やのすけ》は、立ちどまった。

わざわざ作らせたのか、格子戸《こうしど》のはまった部屋があった。座敷牢《ざしきろう》だ。がんじょうそうな鉄の南京錠《なんきんじょう》が、かかっている。中には、赤い着物を着た娘《むすめ》が、うしろをむいてすわっていた。

着物はすっかり着くずれていて、片方《かたほう》の肩《かた》が見えていた。髪《かみ》もずいぶんみだれている。

小雨《こさめ》と千太郎《せんたろう》は、ごくりとつばをのみこんだ。

「こんなところにとじこめるだなんて、かわいそうに」

時雨《しぐれ》は、つぶやいた。

「……しかたなく」

矢之助《やのすけ》は、つらそうにいった。

「ここまでして、この子をそばに置《お》いておこうなんて、いくら親だからって、それは罪《つみ》なんじゃないでしょうか」

時雨《しぐれ》は、またつぶやいた。しずかに、けれど怒《いか》りをこめて。

「コウさん」

小雨《こさめ》は、座敷牢《ざしきろう》の中の娘《むすめ》に、やさしくよびかけた。

娘《むすめ》の肩《かた》が、小雨《こさめ》の声にぴくりとうごく。

「コウちゃん」

千太郎《せんたろう》がもう一度よぶと、娘《むすめ》は今度はゆっくりふりかえった。

(ど、どんなにおそろしい顔になってても、コウちゃんはコウちゃんや)

千太郎《せんたろう》はぜったいに、おどろくまいと思った。

ふりかえったコウは、髪《かみ》はみだれているものの、おだやかな顔だった。口もとは、かすかにほほえんでいる。

時雨《しぐれ》は、背負《せお》ったふろしきづつみをおろし、柳行李《やなぎごうり》を開いた。それから、小ビンをとりだしてせんをぬき、液体《えきたい》を手ぬぐいにしみこませた。

「さあ、かぎを開けてください」

たのむと、矢之助《やのすけ》は、だめだとふるえた。

「今はおとなしくても、急にけものの血があばれだします！」

「わかってますっ。いいですから、さあ！」

時雨《しぐれ》が強くいった。

矢之助《やのすけ》は、時雨《しぐれ》の迫力《はくりょく》におされて、しぶしぶかぎをだした。

がちゃがちゃ、がちゃっ。

南京錠《なんきんじょう》がはずれ、扉《とびら》が開いた。と同時に、コウが飛《と》びだしてきた。

先ほどのコウから、あきらかに変化《へんか》している。目をつりあげ、歯をむきだし、まさにけもののようだ。

「うーううう」

と、低くうなるコウに、時雨《しぐれ》は飛《と》びかかった。

おさえつけようとする時雨《しぐれ》から、全身の力をふりしぼり、コウはのがれようとあばれる。

「うーうううう！」

さけびのような声がひびく。

時雨《しぐれ》は、コウの顔に、液体《えきたい》をしみこませた手ぬぐいをかぶせた。

やがてコウは、へなへなと足腰《あしこし》の力がぬけ、へたりこんだ。

時雨《しぐれ》は、コウのからだをのばして、しずかにねかせた。

「しばらく、ねむっています」

時雨《しぐれ》がいうと、矢之助《やのすけ》はほっとした顔をした。

小雨《こさめ》が近よってきて、ねむるコウの顔をのぞきこむ。千太郎《せんたろう》もおそるおそるやってきた。

「コウちゃんの病気、治《なお》せるんか？」

たずねられ、時雨《しぐれ》は正直に答えた。

「もう無理《むり》みたいだね。薬がきかないようだから」

「なんの病気？」

小雨《こさめ》が聞いた。

「病気というか、自然《しぜん》なことというか。う－ん」

時雨《しぐれ》が、ことばにつまると、だまっていた矢之助《やのすけ》が口を開いた。

「じ、実はな……コウは、わたしとトキのあいだに生まれた子では、ないんや。もらい子でな。まだ赤んぼうのときに、この家にやってきた」

小雨《こさめ》と千太郎《せんたろう》は、おとなしくその話に耳をかたむけた。

「ほんとうの親は、猟師《りょうし》の若夫婦《わかふうふ》だったそうや。もともとからだが弱かったよめさんは、この子を産《う》んでまもなく死んでしもたらしい。それで、猟師《りょうし》の男は、死んだよめさんのすがたを見ておどろいた。よめさんであるはずの死体は、めすのオオカミの死体やったんや」

「およめさんは、オオカミだったんだ」

小雨《こさめ》は、ドングリのようなひとみを、くりくりうごかした。

「そういうことや。猟師《りょうし》の男は、赤んぼうを育てるのがこわくなった。よめさんはいい女だったが、オオカミだと知っていたら、結婚《けっこん》はしなかったと後《こう》

悔《かい》した。男は、オオカミの血のまじった子どもなどいらんと、山にかえして
しまったそうや」

「ひどい。親オオカミがいないのなら、山にかえしたって赤んぼうは生きていけないのに！」

小雨《こさめ》は、なみだぐんだ。

「そうや、それでな、この子をとりあげた産婆《さんば》が、ふびんに思って、ひろいにいったそうや。そのままでは、けものに食われるか、うえ死にしていただろう赤んぼうが、めぐりめぐって、子宝《こだから》にめぐまれないわが家にきたというわけでな」

今度は千太郎《せんたろう》が、口をはさんだ。

「おじさんは、オオカミの血のまじる赤ちゃん、こわくなかったん？」

矢之助《やのすけ》は、こくんとうなずいた。

「こわくなんて、ちっともなかったで。オオカミの血など、まったく感じなかった。かわいくてかわいくてなあ。トキも、とてもよろこんで……。わけは知っとったけれど、問題ないと思ったんや」

時雨《しぐれ》がこの村をおとずれたのは、コウが二歳《さい》になったころだった。

疳《かん》の虫にきく薬がほしいといわれ、椿屋敷《つばきやしき》にまねかれた。

夜泣《よな》きがひどく、たまにひきつけをおこすという症状《しょうじょう》、たしかに疳《かん》の虫のようだが、時雨《しぐれ》は薬売りの直感で、けものの血をうたがったのだった。

「こういう山にかこまれた土地では、めずらしい話ではないんですよ。たまにけものと人間がむすばれ、血のまじった子が生まれる。オオカミはずいぶんへってしまって、今はもう、絶滅《ぜつめつ》してしまったという人もいるぐらいですからね。もしかしたらそのめすオオカミは、おすオオカミとめぐり会えなかったのではないでしょうか。それで、子を残《のこ》すために人間にすがたをかえ、猟師《りょうし》に近づいたのかもしれません」

時雨《しぐれ》は師匠《ししょう》らしく、弟子《でし》の小雨《こさめ》に説明《せつめい》した。

小雨《こさめ》は質問《しつもん》した。

「薬は？」

「けものの血をおさえる粉薬《こなぐすり》があるんだ。むかし、矢之助《やのすけ》さんにも、それをおわたしした。でも、血が濃《こ》い場合には、だんだんきかなくなる」

時雨《しぐれ》は答え、もうしわけなさそうに、コウの顔をながめた。

コウは、歳《とし》をかさねるごとに、薬よりけものの血のほうが強くなってしまったのだろう。もはや、時雨《しぐれ》の薬ではどうにもならない。

「師匠《ししょう》なら、なんとかできるよね。ほかの薬でどうにか」

小雨《こさめ》は、時雨《しぐれ》のそでをひっぱった。

時雨《しぐれ》は、つらそうにしている。

「……帰してやるのがええんですよねえ、山に」

矢之助《やのすけ》は、いった。

あまりきかないとは思いつつ、飲ませないよりはましと、コウにはまだ時雨《しぐれ》からもらった粉薬《こなぐすり》を飲ませていたが、それをやめれば、コウを人間のすがたにとどめておく力は弱まり、オオカミのすがたになれるだろう。

猟師《りょうし》の男がしたように、生きるすべもないままの赤んぼうを、山にすてるのとはちがう。今回はもどるべきすがたにもどし、本能《ほんのう》がもとめた場所へ帰してやるのだ。それがコウのしあわせだと、矢之助《やのすけ》はわかっていた。

「いややー！　この子は、どこにもやらへんー！」

いつからここにきて話を聞いていたのか、とつぜん、トキが大声をあげた。

「さみしい気持ちは、わたしだって同じじゃ。けれども、こんな座敷牢《ざしきろう》で、この子の一生を、終わらせていいはずないやろう」

矢之助《やのすけ》は、トキを説得《せっとく》しようとするが、トキは、ねむるコウをだきよせ、はなそうとしない。

「いやや！。この子を手ばなすなんてー！」

トキのなみだが、コウのほおにぽとぽと落ち、コウの目がうっすら開いた。

「お母さま……」

かすれる声で、コウはいった。

「コウ！」

トキは、コウをいっそう強くだきしめた。そのすがたを見て、矢之助《やのすけ》はなみだを流した。

たとえ血はつながっていなくても、母娘《おやこ》の情《じょう》というものは切っても切れないんだと小雨《こさめ》は思った。

しかしそのとき、すなおに身をゆだね、母の胸《むね》にだかれていたコウが、

「うー」

と低くうなり、いきなりトキのうでにがぶりっとかみついたのだ。

「痛《いた》！」

トキは、悲鳴をあげた。

けものの目をしたコウは、トキをつきとばし、すみでうずくまっている。

トキのうでから、どくどくと赤い血が流れでる。

「小雨《こさめ》、手あてを」

時雨《しぐれ》にいわれて、小雨《こさめ》はすばやく柳行李《やなぎごうり》から小ビンと綿《わた》をとりだし、トキの傷口《きずぐち》を消毒《しょうどく》した。

「コウちゃん？」

千太郎《せんたろう》は、そっと声をかけた。

うずくまったコウは、ひっくひっくとすすり泣いている。今度はまた、かわいい娘《むすめ》にもどったようだ。

「さあ、山につれていってあげるよ」

時雨《しぐれ》は、ゆっくりコウに近づいた。

そのことばを聞いたコウは、顔をあげた。

「お母さまとお父さまが、す、すごく好《す》きやから……わたし、山に、行く」

コウのとぎれとぎれのことばを、矢之助《やのすけ》とトキはだまって聞いた。

「いいな、トキ」

矢之助《やのすけ》がたずねると、トキは、ううううっと泣《な》きくずれた。

「お飲みなさい。しばらくはきくでしょう」

時雨《しぐれ》は、コウに赤い丸薬《がんやく》をふたつぶ手わたした。

コウは、それをありがたそうにうけとると、口にふくみ、やがてやさしい笑《え》みをうかべた。

千太郎《せんたろう》はその笑《え》みを見て、むかしのコウちゃんだと胸《むね》をなでおろした。

「今晩《こんばん》、山につれていきます」

矢之助《やのすけ》は、時雨《しぐれ》に頭をさげた。

「……トキ、おまえの手料理《てりょうり》を食べさせてやってくれ。それから、ふろでからだをきれいにあらってやり」

矢之助《やのすけ》にそういわれたトキは、包帯《ほうたい》をまいた手を、ゆっくりコウにのばした。

「お母さま……」

コウは、母親の手をしっかりにぎりしめた。

「よかった」

小雨《こさめ》は、コウとトキを見て、少しうらやましくなった。

「さあ、いこうか」

時雨《しぐれ》は、弟子《でし》の頭をなでた。

屋敷《やしき》を出るとき、コウは、

「わたしがいなくなっても、またあそびにきてあげてな」

と、千太郎《せんたろう》にたのんだ。

「まかせとけ！　おかし、用意しておいておくれなっ」

千太郎《せんたろう》は、がははと大口を開けて笑《わら》った。

時雨《しぐれ》と小雨《こさめ》は、矢之助《やのすけ》にじゅうぶんすぎるほどのお礼をもらったあと、さらに村中の家をまわり、薬を売った。

腰《こし》が痛《いた》いおばばさまには、養生黄湿布《ようじょうきしっぷ》。

頭痛持ちのおっかさまには、すっきり快適丸《かいてきがん》。

目がかすむじじさまには、猫目薬《ねこめぐすり》。

腹くだしの子どもには、十八草薬丸《じゅうはっそうやくがん》。

顔のふきでものになやむ娘《むすめ》さんには、別嬪塗薬《べっぴんとやく》。

なんだか元気がないおとっさまには、長寿回復水《ちょうじゅかいふくすい》。


「いやあ、すごい。どんな薬でもあるんやねえ。薬売りさんの柳行李《やなぎごうり》は、まるで魔法《まほう》のいれもんや」

おばばさまは感心する。やや軽くなった柳行李《やなぎごうり》を背負《せお》った時雨《しぐれ》は、

「いえいえ、お役に立ててうれしいです。またきますよ」

と、おばばさまに約束《やくそく》した。

その夜。村で一けんのめし屋で、時雨《しぐれ》は山菜《さんさい》なべに舌《した》つづみをうち、酒を

飲んだ。

となりの小雨《こさめ》は、ぱちぱちそろばんをはじいて、きょうのかせぎを計算している。

金の計算は、まったくだめな師匠《ししょう》にこの弟子《でし》あり。「旅には、お金も必要《ひつよう》なんだから」が、小さな弟子《でし》の口ぐせである。時雨《しぐれ》は、まずしい人には、ただで薬をくばることにしている。なので、少しぐらいかせいでも、あまりよゆうはないのだ。

「小雨《こさめ》のおかげで、どこにいっても、おいしいものが食べられるなあ」

のん気な師匠《ししょう》は、ごきげんで笛をふきはじめた。

旅の薬売りの、どこか心をいやすような笛の音が、山あいの村にひびきわたる。

山に帰ったオオカミの娘《むすめ》にも、その音色はとどくだろうか。

なみだ病の生き残《のこ》り

ナギは、砂浜《すなはま》の砂《すな》が、目に入ったのだろうと思っていた。

朝から目のおくが、ちくちく痛《いた》い。

まばたきばかりして、なんども目をこすっているナギに、母のマツは木のおけをわたした。

「こらこら、よごれた手でこするんじゃないよ。きれいな水で、よくあらいなさい」

「うん」

ナギはおけに水をはって顔をつけ、水中で目を開けたり閉《と》じたりした。

が、ちくちくとした痛《いた》みは、なくならなかった。

「だいじょうぶか、ナギ。読み書きのしすぎかい？」

漁《りょう》から帰ってきた兄の沖吉《おききち》にいわれて、ナギはどきっとした。

海辺《うみべ》の村に、学校などない。けれど先月、父のシヲ吉《きち》が、町に魚を売りに

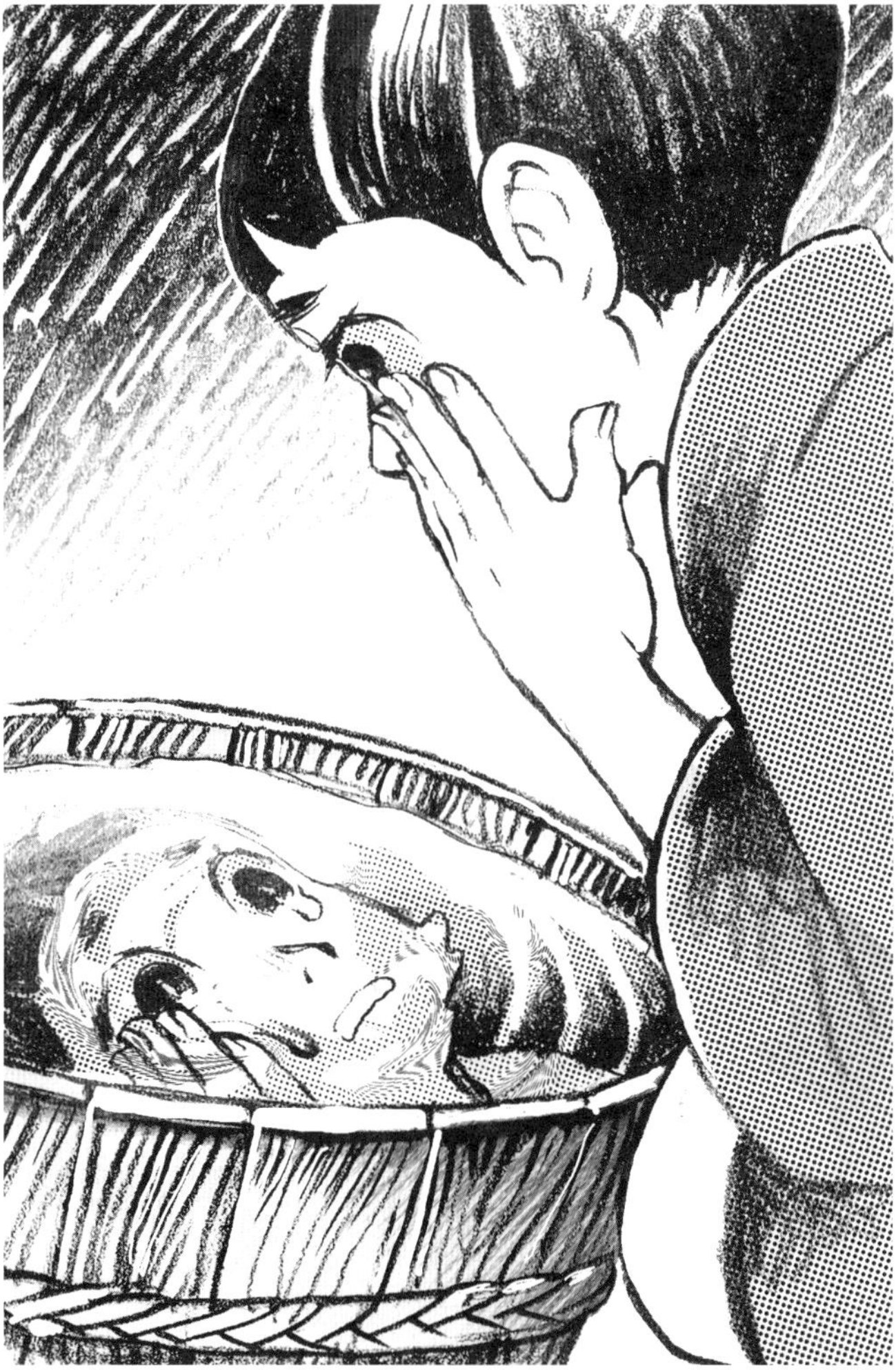

いったとき、本を一冊《さつ》買ってきてくれたのだ。

「おめえのみやげは、おもちゃやあまいものより、これがいいだろうと思ってな」

「わー、おとっさん、ありがとう！」

ナギは、わたされた本をだきしめた。

シヲ吉《きち》は、よろこぶナギを見て、目を細めた。

ナギの先生は、マツだ。町からこの村にとついできたマツは、寺子屋《てらこや》にかよっていたことがあり、読み書き、そろばんができる。そろばんは、だいぶ前から教えてもらっている。今度は文字だ。わくわくする。

一冊《さつ》の本をお手本に、ナギは一文字ずつおぼえていった。だんだん読める字、書ける字がふえていくのが楽しくて、ナギはひまさえあれば本を開いた。

「あんまり根《こん》をつめると、目を悪くするよ」

マツには、しつこく注意されていた。

（おっかさんのいうことは、ほんとうだ……）

ナギは、痛《いた》む目をおさえて、いうことを聞かなかったことを反省《はんせい》した。

痛《いた》みはだんだんひどくなり、白目が赤くなり、やがてねばりけのあるなみだがでてきた。

「本ばかり読んでるからだよ。しばらく、これはあずかっておくからね」

とうとうマツに、本をとりあげられてしまった。

（あーあ）

ナギがしょんぼりしていると、シヲ吉《きち》がなぐさめてくれた。

「かえしてもらえるように、おっかさんにいってやるよ。おれは字が読めない。漁師《りょうし》だから、別《べつ》に不自由《ふじゆう》はないが、ナギ、おめえは読めたほうがいい」

シヲ吉《きち》は、りこうなナギの将来《しょうらい》を楽しみにしている。

ナギは、兄の沖吉《おききち》にくらべるとからだが小さい。よく熱《ねつ》をだすし、泳ぎはなかなかじょうずにならない。漁師《りょうし》にはむいていないようだった。しかし、五人きょうだいの中で、一番頭の回転は早い。そろばんも、あっという間に使えるようになった。

この子は無理《むり》して漁師《りょうし》にならなくてもいいんじゃないかと、シヲ吉《きち》は思っていた。だから、村をでて学校に行きたいというのなら、なんとかそうさせてやりたいと考えている。けれど、

「うちのかせぎで、そんなこと」

と、マツはとんでもないとあきれる。

海辺《うみべ》の村の生活は、とれた魚を干《ほ》したものやワカメを塩《しお》づけしたものを、月一回町まで売りに行ってなりたっている。それは、家族五人がなんとか食べていけるだけの、ほそぼそとしたものだった。

すると、沖吉《おききち》がいった。

「おれも、もうすぐ十五歳《さい》で一人前だ。もっと船にのって海に出るよ。漁《りょう》のかせぎだけでだめなら、船はおとっさんにまかせて、おれは、町に出かせぎに行く。ナギは頭がいいんだから、がんばってほしいんだ」

「おやおや、そんなに期待されちゃって、こりゃ、たいへんだね」

マツは、ナギを見た。

「兄ちゃん、ありがとう！」

ナギは、早く目を治《なお》して、しっかり勉強しようと心にちかった。

しかしナギの目は、よくなるどころか、どんどん悪くなっていった。なみだはだらだらと流れつづけ、夜には熱《ねつ》もでてきた。

マツが、家にある熱《ねつ》さましを飲ませたが、いっこうに熱《ねつ》はさがらない。

朝になると、弟たちも、同じように目が痛《いた》いといいだし、やはりねばりけのあるなみだを流しはじめた。

「かわった夏かぜかなあ？」

首をかしげるシヲ吉《きち》に、

「あんた、これは、たちの悪い病気じゃないかしら」

と、マツはいやな予感《よかん》がするといった。

マツのかんはよく当たる。ばばさまが死んだ日も、シヲ吉《きち》が貝にあたった日も、マツはいやな予感《よかん》がするといった。

「よしっ、おれが町の医者《いしゃ》さまに症状《しょうじょう》を話して、薬をもらってこよう。心配するな、すぐにもどってくるよ」

シヲ吉《きち》は、急いでしたくをすると、不安《ふあん》そうなマツをはげました。

村から町までは、片道《かたみち》二日、往復《おうふく》で四日かかる。シヲ吉《きち》のことばに、マツは無理《むり》して笑顔《えがお》を作り、

「はい、気をつけて。これで、ついでになにか精《せい》のつくものも買ってきてくださいな」

と、つぼの中からへそくりをだしてきて、シヲ吉《きち》にわたした。

家族のために、いっこくも早く町につきたいシヲ吉《きち》は、休みもろくにとらずに歩いた。

「海できたえたこのからだ、じょうぶなだけがとりえなんだ。人さまの倍歩いたって、平気だよー」

ほんとうにかぜひとつひいたことがないのが、じまんだった。けれど、村をでてひとつ夜をすごした朝、シヲ吉《きち》も目に痛《いた》みを感じた。

「なんだ、おれまでかい。かんべんしてくれよー」

シヲ吉《きち》は、なみだをぬぐいながら、熱《あつ》くなってきたからだにむちをうった。

(町まで行って、薬もらって、なんとしてもおれが、子どもたちにとどけてやらなくちゃならねえ)

熱《ねっ》は、どんどんあがってきているように思われた。頭がぼんやりする。横になって目を閉《と》じ、しばらく休みたかったが、いったん休んでしまえば、もうおきあがれない気がした。けたたましく聞こえるはずのミンミンというセミの声が、聞こえにくくなっていく。意識《いしき》が遠くなっていくのがわかる。

(くそー。ここでおれがたおれるわけには、いかないんだよー)

シヲ吉《きち》は、ふらつく足どりで歩き続《つづ》けた。

町に入ったときには、夏のあつさと自分から発せられる高熱《こうねつ》のために、シヲ吉《きち》の意識《いしき》はもうろうとしていたが、気力をふりしぼって進んだ。

そして、村を出て二日目の夕方。やっと町でたったひとりの医者《いしゃ》のところに、たおれこんだのだった。

海辺《うみべ》の村からやってきた患者《かんじゃ》をみた医者《いしゃ》は、その症状《しょうじょう》に青ざめた。

「もしかして、いや、きっとそうにちがいない！」

医者《いしゃ》はあわてた。

なみだ病。医者《いしゃ》の頭にうかんだある病《やま》い。

それは感染力《かんせんりょく》が強く、死にいたるおそろしいはやり病《やま》いである。きく薬は なく、なみだ病がでたら、医者《いしゃ》も逃《に》げだすといわれていた。

けれど、ある薬売りがそれにきく薬草を見つけて、薬にしたと聞く。その薬売りは、薬草の種類《しゅるい》や作り方を、おしげもなくほかの薬売りたちに教えたので、薬は各地に広まり、人々はすくわれているという話だ。

このあたりには、まだなみだ病は出ておらず、その薬もとどいていなかった。町の人たちは、風のうわさでなみだ病というものを知るていど。医者《いしゃ》ものん気なものだった。

なみだ病にきくという薬は、行商《ぎょうしょう》の薬売りたちが持っている。が、薬売りをわざわざさがして、手に入れることもない。この町にも、年に一度やってくる薬売りがいるから、そのときに分けてもらえばいいと医者《いしゃ》は思っていた。

「す、すぐに、薬売りをさがすようにっ。さもないと、この町はだめかもしれないぞ！」

医者《いしゃ》のことばを聞いて、町は大さわぎになった。

一方、シヲ吉《きち》は病室に閉《と》じこめられてしまった。近づくと病気がうつるのをこわがり、だれも病室に近づこうとしない。

「おいっ、だれか、薬を村までとどけてくれよ。たのむ！」

シヲ吉《きち》はさけんだが、その声に、耳をかたむけてくれる者はいなかった。

「かかあが、子どもたちが待ってる。お願《ねが》いだ、ここから出してくれ、おれは、村に薬をとどけなくちゃならないんだ！」

「薬がないんだ、おそろしい伝染病《でんせんびょう》なんだよ。かわいそうだが、あんた、そこからでるなんていわずに、どうかあきらめておくれ」

医者《いしゃ》は、かぎをかけた病室のとびらの前から、シヲ吉《きち》につげた。

「あきらめろなんて、あんた、医者《いしゃ》じゃないのかい！」

元気なからだならばとびらをこわして外に飛《と》びだしたところだが、病《やま》いのシヲ吉《きち》に、もうそんな力は残《のこ》っていなかった。

（ごめんよ、ナギ……マツ、みんな。すまん……）

海辺《うみべ》の村になみだ病がでて、町にも発病した男がひとりいるらしい。それで町の医者《いしゃ》が、行商《ぎょうしょう》の薬売りをさがしているそうだ。その話は、人づてにどんどん広がっていった。

時雨《しぐれ》は、たまたま町から近い村にいた。

「あんた、その薬、持ってるのかい？」

村のおやじさんにたずねられて、時雨《しぐれ》は、

「はいっ」

と、柳行李《やなぎごうり》からごそごそ薬をとりだし、おやじさんにわたした。

「これです。もうしわけないのですが、町に持って行ってもらえません
か!?」

薬をおしつけられたおやじさんは、当然《とうぜん》めいわくそうな顔をした。

「や、やだよ。うつったらどうするんだよ。あんたが行けよ！」

「ぼくは、その海辺《うみべ》の村に行ってみます。ああ、間にあえばいいんですけど、
なみだ病は発病したら、早いんですっ」

時雨《しぐれ》は、柳行李《やなぎごうり》のふたをして、もうふろしきでつつんでいる。

「早いって、悪くなるのがかい？　まさか命にかかわるんじゃ……」

おやじさんは、みけんにしわをよせる。

「そうです。だから、ぼくは早くその村へ行かなくては」

時雨《しぐれ》は、ふろしきづつみを背負《せお》った。

「おいおい、だから、わしはごめんだって！」

おやじさんは、薬をつきかえす。

「この薬を飲めば、だいじょうぶなんです。うすめて飲めば、予防《よぼう》もできます。だから、お願《ねが》いします」

時雨《しぐれ》の真剣《しんけん》な目を見て、おやじさんは腹《はら》をくくった。

「わ、わかった。あずかるよっ」

「よろしくお願《ねが》いします！」

そうして時雨《しぐれ》は、見すてられた海辺《うみべ》の村へと急ぎ、おやじさんは町にむかった。

おやじさんが町の医者《いしゃ》にたどりつき、薬をとどけたとき、医者《いしゃ》は発病し、死の恐怖《きょうふ》にがたがたふるえていた。

「よかった、たすかった……」

おやじさんが薬をわたすと、医者《いしゃ》は手をあわせて、おやじさんをおがんだ。

「おがむなら、この薬をくれた薬売りさんにだよ」

おやじさんは、医者《いしゃ》にいった。

時雨《しぐれ》の薬に命をすくわれた医者《いしゃ》は、なんとその薬売りが、すぐに海辺《うみべ》の村にむかったと聞き、頭がさがる思いだった。

「わたしは医者失格《いしゃしっかく》だ。患者《かんじゃ》よりわが身を守ろうとした。病《やま》いをおそれて、ふるえるばかりだった」

医者《いしゃ》は自分のおろかさを反省《はんせい》し、患者《かんじゃ》を見殺《みごろ》しにしてしまったことを後悔《こうかい》した。

シヲ吉《きち》はすでに息をひきとっていた。

「もうしわけないことをした……すまない。けど、家族は、すくわれるかもしれないよ。りっぱな薬売りが、あんたの村にむかってくれたそうだ」


さて、村についた時雨《しぐれ》は、たくさんのなきがらに、手をあわせていた。

「すみませーん、どなたかいらっしゃいますか？」

たずねる家はどこも返事がなかった。

そっと中に入ってみれば、一家全員が横になったまま、息たえていた。

村は全滅《ぜんめつ》のようだった。

「なんてことだ……」

時雨《しぐれ》はあらためて、なみだ病のおそろしさを思い知った。

「……ぼくがもっと早くにこの薬を作って、みんなに作り方をつたえていれば、この村にも、すでに薬はとどいていて……こんなことに、ならずに、すんだかもしれない！」

時雨《しぐれ》はやるせなさに、地面をたたいた。

なみだ病にきく薬草を発見し、薬にしたのは時雨《しぐれ》だった。死をおそれず、なみだ病にかかった人によりそい、さまざまな薬草をためしてみたのだ。

どんな病《やま》いにもむかっていく勇気《ゆうき》を持っている。そして、行商《ぎょうしょう》の旅を続《つづ》けながら日々薬の研究をし、新しい薬を作りだす努力《どりょく》をおしまない。しかし、いくら新しい薬を作りだすことができても、やはり満足《まんぞく》などできない。まだ治《なお》せない病《やま》いはたくさんある。

「はあ、ぼくにできることは、なんてちっぽけなんだ……」

そう思わずにいられなかった。

神さまでもないかぎり、万病を治《なお》すことはできないとわかっている。しかし、病《やま》いの前での無力《むりょく》さに、いつもどれだけくやしい思いをすることか。

時雨《しぐれ》は、父親と母親、それから姉《ねえ》さんを、病《やま》いで亡《な》くしている。父親は、時雨《しぐれ》がまだ小さいころに、けがが化膿《かのう》したことがきっかけで死んでしまった。

その後、母親は女手ひとつでふたりの子どもを育ててくれたが、無理《むり》をしすぎたせいか、高熱《こうねつ》をだして、あっけなくこの世《よ》を去ってしまった。

時雨《しぐれ》と姉《ねえ》さんのふたりは、おじさんのところにひきとられた。

けれど、食べる物もろくにもらえず、畑をたがやすことから水くみ、めしたきからおじさんの赤んぼうのせわまで、休むひまなくはたらかされた。

そうして、すっかり弱ってしまった姉《ねえ》さんは、ついにねこんでしまった。

「わたしはもうだめ。でも、あんたはみんなのぶんまで、生きるんだよ」

姉《ねえ》さんは、菩薩《ぼさつ》さまのような顔をして、死んでいった。

「こっちだって、たぶんもうだめだよ……」

みんなのぶんまでといわれても、やせこけ、つかれはてていた時雨《しぐれ》は、つぎは自分の番だとさとった。

(どうせ死ぬなら、きれいな川のそばがいいなあ)

姉《ねえ》さんと水あそびをした川を思いだし、時雨《しぐれ》はふらふらと山に入った。


山はしんとしずかで、あの世《よ》に近い場所みたいに思えた。

たどりついた山の中の川はかわらず美しく、流れる水が岩に当たってくだけ、はねるしぶきを、時雨《しぐれ》はあきずにながめた。

さて、どうやって死ねばいいのか。

てっとり早く、木で首をくくってしまおうか。ちょうどよさそうな高さのみきに、あんだつるをひっかけてみた。

（首、痛《いた》いだろうな。息できないんだろうな）

いざ死ぬとなると、急にこわくなってくる。

「死ぬのって、むずかしいな」

時雨《しぐれ》はつぶやいた。

「そうじゃ、むずかしくてあたりまえ。かんたんに、命はすてるものではないからな」

低くしゃがれた声がきこえ、白いひげをたくわえたおじいさんが、しげみからあらわれた。

（わ、仙人《せんにん》だ）

と、時雨《しぐれ》は思った。

「命をそまつにしてはならぬ。青白い顔をしているから、よからぬ考えにと

りつかれるのだ。さあ、食え」

仙人《せんにん》はそういって、にぎりめしをくれた。

腹《はら》ぺこだった時雨《しぐれ》は、にぎりめしをむさぼり食った。腹《はら》がみたされると、死ぬのはもっとこわくなった。

「よいか、どんなことがあっても、生きるのだ」

仙人《せんにん》はそういい、ひとりぼっちの時雨《しぐれ》をひろってくれた。


時雨《しぐれ》は、姉《ねえ》さんのことばどおり、死んでしまったみんなのぶんまで生きようと決めた。そしてさらに、人の命もすくえればと思うのだ。けれど、すくえぬ命の多さに、くじけそうになってしまう。

「なむあみだぶつ、なむあみだぶつ」

時雨《しぐれ》は目をとじて、海辺《うみべ》の村のなきがらに手をあわせた。なきがらは、みんななみだを流している。

ざざーん、ざざーん。

波が、よせてはかえす。

ざざーん、ざざーん。

「なむあみだぶつ、なむあみだぶつ」

ざざーん、ざざーん。

「おとなしくしろ」

「おまえも、みんなといっしょに死にたいだろうが」

波の音にまじって、ぶっそうな声が聞こえてくる。

しくしくと、子どもの泣き声も聞こえる。

時雨《しぐれ》は、はっと目を開いた。

「ひとりだけ生き残《のこ》っても、しかたないだろ。すぐに楽にしてやるよ、かんねんしろ」

「おまえさんはな、ものすごい価値《かち》があるんだよ」

いやらしい男たちの声のするほうへ、時雨《しぐれ》はしずかに近よっていった。

「や、やだよー」

少年が、砂浜《すなはま》を逃《に》げる光景《こうけい》が目に入った。

逃《に》げる男の子、それはナギだった。

ナギを、男たちが追う。

時雨《しぐれ》は、さらにそれを追った。

砂《すな》に足をとられて走りにくい。男たちも、苦戦《くせん》していた。砂浜《すなはま》になれているナギは、足の指でうまく砂《すな》をつかんで走る。

「くそー、このガキ！」

男たちは、きたないことばをはきながら、ナギに手をのばす。

「待ちやがれ！」

ついに、ナギはうでをつかまれた。

「手こずらせるなよ」

男は、ナギの上に馬のりになり、細い首をしめだした。

「おいっ、なにするんだ！」

時雨《しぐれ》は大声を出して、男たちにむかっていった。

「おとなも生きてやがったか。死にぞこないめっ」

男のひとりが、小刀をふりまわしてきた。時雨《しぐれ》は、それをみごとにかわしたが、今度はうしろから、もうひとりの男がおそいかかってきた。

「やあっ！」

時雨《しぐれ》は、気合いの入ったかけ声とともに、砂浜《すなはま》に男を背負《せお》い投げた。しかし男はなかなか身軽で、ひらりとからだのむきをかえ、すぐにおきあがった。

小刀を持った男が、ふたたび時雨《しぐれ》めがけてつっこんでくる。時雨《しぐれ》は高く飛びはね、男たちから距離《きょり》をとって着地した。

それを見た男は、さけんだ。

「きさま、なにものだ！」

「ただの薬売りだよ」

時雨《しぐれ》は、すっとわきにさした長い矢立てをぬいた。時雨《しぐれ》の矢立ては、ただの筆入れにあらず、護身用《ごしんよう》の刀をしこんである。

きらりと光る刃《やいば》を見た男たちは、ひるんであとずさりした。

「ただの薬売りだと！　その矢立て、雷《らい》雨《う》の手の者かっ」

「いかにも、ぼくは雷《らい》雨《う》さまの弟子《でし》だが、おまえたち、お師匠《ししょう》のことを知っているのか⁉」

「ちっ、それじゃ、勝ちめはねえぜ！」

時雨《しぐれ》の問いかけに答えることなく、男たちは、すばやく逃《に》げていった。

時雨《しぐれ》は男たちを追わず、泣《な》いているナギのそばに行き、手ぬぐいでなみだをふいてやった。

「この村の子かい？」

やさしい声。

おびえていたナギは、こくりとうなずいた。

（この人は、悪い人じゃなさそうだ。こんなにやさしい声をしているんだもん）

と、ナギは思った。

雷雨《らいう》の名を口にした男たちは、忍《しの》びくずれとよばれる者たちだったのだろう。忍《しの》びの道からはずれ、悪事ばかりをはたらく者たちがいることを、時雨《しぐれ》はお師匠《ししょう》から聞いていた。

はやり病《やまい》から奇跡的《きせきてき》に生き残《のこ》ったナギを、忍《しの》びくずれの男たちはねらっていたのだ。運がいいのか、生命力《せいめいりょく》が強いのか、病《やま》いにかかっても、やがて回復《かいふく》した奇跡《きせき》の子ども。そんな子どもの内臓《ないぞう》は、万病にきく薬になると信じている者がいる。そういう者は、いくら金を出しても、それを買いたがる。

男たちは金ほしさに、はやり病《やま》いのでたところにあらわれ、生き残《のこ》りの子どもをさがしていたのだろう。

「万病にきく薬なんて、ないんだよ」

時雨《しぐれ》は、自分にいいきかせるようにいった。

ナギは、時雨《しぐれ》にうったえた。

「みーんな、なみだがでて、熱《ねつ》がでて、死んじゃったよう。でも、町にむかったおとっさんは、生きてるかも」

時雨《しぐれ》は、ナギのおでこに手をあてた。熱《ねつ》はもうないようだ。

「そうか。じゃ、行ってみよう」

時雨《しぐれ》は、ナギの小さな手をにぎった。

町についた時雨《しぐれ》とナギは、まっすぐ医者《いしゃ》をたずねた。

そして、シヲ吉《きち》が亡《な》くなったことを知ったのだった。

「ごめんよ、おとっさんは、わたしが殺《ころ》したようなもんだ……ごめんよ、ほんとうにごめんよ」

医者《いしゃ》は、なんども頭をさげた。そして、せめてものつぐないにと、シヲ吉《きち》のなきがらは、手あつくほうむらせてもらったといった。

「おとっさんも、死んじゃったのかあ」

この医者《いしゃ》をせめても、おとっさんは生きかえらない。ばばさまが死んだときも、飼《か》っていた犬が死んだときも、おっかさんはしずかにうけいれるしかないのだと、教えてくれた。

ぐっと歯をくいしばって、ナギは現実《げんじつ》をうけいれようとしている。

ナギは墓《はか》の前でも泣《な》かなかった。少しでも気がまぎれればと、時雨《しぐれ》は水あめを買ってやった。

「あまいなあ、うまいなあ。たまに、おとっさんが買ってきてくれたんだよ。弟や妹は、すごくよろこんでさ。でも、おれには、おとっさんは、本を買ってきてくれたんだ」

ナギはあめをなめながら、シヲ吉《きち》やマツ、それから沖吉《おききち》やきょうだいのことを思いだして、少しだけ泣《な》いた。

ひとりぼっちになってしまった。これからどうやって生きていこう。ナギは心細くて、たまらなくなった。

「おれもあとを追って、死んだほうが楽かな」

ぽつりとこぼしたそのことば。

時雨《しぐれ》には、ナギの気持ちがとてもよくわかった。まるで、むかしの自分を見ているような気がした。

かつて、山で死のうとしていた子どもは、仙人《せんにん》のようなおじいさんに、

「いっしょにくるか？」

と、たずねられた。

子どもは、ほかに行くあてもなく、仙人《せんにん》についていくことにした。すると、仙人《せんにん》は、まずこういった。

「では、わしの弟子《でし》になれ。いいか、きょうからおまえに新しい名をあたえよう。雷雨《らいう》の弟子《でし》であるから、雨の一文字をとって、そうじゃな、時雨《しぐれ》……うん、よい名じゃ」

薬のことも生きていくすべもおそわれたときのたたかい方も、それから笛のふきかたも、お師匠《ししょう》となるその仙人《せんにん》にすべて教わった。

お師匠《ししょう》はきびしかったが、時雨《しぐれ》にたくさんの愛情《あいじょう》をそそいでくれた。

山おくでのふたりきりのくらしは楽しく、時雨《しぐれ》は、こんな日々がまだまだ続《つづ》くと信《しん》じていた。なのに、お師匠《ししょう》はある日とつぜんに、漆《うるし》ぬりのりっぱな矢立てと、置《お》き手紙だけを残《のこ》して、いなくなってしまった。

時雨《しぐれ》よ。うすうすは気づいておったかもしれぬが、わしは、わけあって山に身をかくす忍《しの》び。忍《しの》びにはあるじがあり、あるじからの命令《めいれい》にしたがって生きておる。時がきたのだ。行かねばならぬ。わしはおまえに多くのことをさずけた。もうおまえは、ひとりで生きていける。自由に生きよ。ただ日々精進《しょうじん》することはわすれず、自分がなんのために生きるか考えよ。

いつかまた、会える日もくるだろう。そのときまで、元気でな。

「お師匠《ししょう》……雷雨《らいう》さま……」

時雨《しぐれ》は、短い手紙をなんども読みかえした。

軽い身のこなし、護身術《ごしんじゅつ》の数々、山で生きていくための知恵《ちえ》、薬の知識《ちしき》など、お師匠《ししょう》はふつうの人間ではないと、たしかに時雨《しぐれ》は感じていた。忍《しの》びとして育てあげるために、自分はひろわれたのだろうかと思っていた。

「自由に生きよ、か……」

どうやら、忍《しの》びとして生きなくてもいいようだ。が、ならばこれからどう生きていくか。

山でひとりでくらしながら、お師匠《ししょう》の帰りを待とうかとも思った。自由に生きるというのは、むずかしい。さんざんなやんだすえ、時雨《しぐれ》は山をでる決意をしたのだった。

薬売りになったのは、教わった薬の知識《ちしき》をいかしながら、人の役にたつ人間になれると思ったからである。自分の生きる意味は、そこにあるのではないか。

また、時おり心臓《しんぞう》をおさえていたお師匠《ししょう》のためになる薬が、旅を続《つづ》けるうちに見つかるのではないかと。

「どうか、またお会いできる日までお元気で」

時雨《しぐれ》は、手紙をていねいにたたみ、柳行李《やなぎごうり》にしまった。

薬売りたちには、それぞれ組合があり、たずねる場所が決まっていて、売る薬も決まっている。自由に旅をしながら、お師匠《ししょう》に教わった薬を使いたかった時雨《しぐれ》は、組合には入らないことにした。

そして時雨《しぐれ》は、柳行李《やなぎごうり》を背負《せお》い、腰《こし》に矢立てをさして、山をおりた。

「いっしょにくるかい？」

時雨《しぐれ》は、ナギに聞いた。

「……」

ナギはしばらく考えていたが、やがて、

「……うん」

と、うなずいた。

「じゃあ、きょうから新しい人生のはじまりだ。だから、新しい名前がいるな……ええと、うーん、そうだ、小雨《こさめ》、小さな雨と書いて小雨《こさめ》でどうだい」

時雨《しぐれ》は、ほほえんだ。

町を出る朝、小雨《こさめ》は不安そうに聞いた。

「薬売りの弟子《でし》だなんて、おれ、なんにもできないよ……読み書きが少しできるのと、あとはそろばん」

すると、時雨《しぐれ》はよろこんだ。

「そろばんができるのは、ありがたい。ぼくは、計算がにがてだから。薬のことは、まだわからなくてもいい。大事なのは、ぼくは薬をくばるから、弟子《でし》の小雨《こさめ》は、元気をくばるってことだ」

「それなら、できるかも……」

小雨《こさめ》は、もぞもぞ小さな声で答えた。

「元気をくばるためには、小雨《こさめ》自身が元気じゃなけりゃいけないよ」

時雨《しぐれ》は、小雨《こさめ》に手をのばした。小雨《こさめ》は、その手をしっかりにぎり、

(おっかさんの手みたいに、やわらかいな)

と、思った。

バカ吉《きち》の薬

時雨《しぐれ》と小雨《こさめ》が、米作りがさかんなその村をおとずれたのは、ちょうど黄金《こがね》色《いろ》のイネの穂《ほ》が、秋風にゆれる季節《きせつ》であった。

時雨《しぐれ》もはじめておとずれる村だった。

「きれいだねえ、お師匠《ししょう》」

「ええ、みごとにみのってるねえ」

時雨《しぐれ》と小雨《こさめ》は、美しい田んぼに、しばし見とれた。

「おれより小さいな、あの子」

小雨《こさめ》は、くりっとした目をかがやかせた。

むこうからからだの小さな女の子が、細いあぜ道を歩いてくる。

「あはは。仲《なか》よくなれそうじゃないか」

時雨《しぐれ》は笑《わら》った。

さらに、女の子のうしろに、男の子が三人あらわれた。

「あー、バカ吉《きち》の妹らいやー」

「バカの妹は、やっぱりバカんがーろー？」

「そりゃそうらて、バカきょうだいらて」

男の子たちは、女の子をからかいながら追いこし、前に立って、とおせんぼする。

「どいてくんなせ」

小さな女の子は、小さな声でたのんだ。

「バカにゆずる道なんか、ねーいや」

いじわるをいったのは、小がらな男の子だ。

そのようすを見ていた小雨《こさめ》は、たまらず走っていった。

「あ、ちょ、ちょっと」

時雨《しぐれ》は声をかけたが、もどってくる気はないようだ。小さなからだのくせに、小雨《こさめ》はどんな相手にでもむかっていく。

（しばらくうかがってからに、したらいいのに……）

時雨《しぐれ》は、ふうーっと息をはいた。

「弱いものいじめは、やめろよ！」

小雨《こさめ》は、村の子どもたちの中に飛《と》びこんでいった。

「なにするがいや！」

いじわるをいった小がらな子が、小雨《こさめ》の肩《かた》をおした。

「いてっ」

小雨《こさめ》は、おされてしりもちをついた。

「だれらな。見かけねえもんらねか」

小がらな子が、上から小雨《こさめ》を見ている。

見おろされた小雨《こさめ》は、むっとして、すぐに立ちあがった。

「この村じゃ、旅のもんに、いきなりらんぼうするのかいっ」

負けじと、小雨《こさめ》は小がらな子ににじりよる。

小雨《こさめ》と小がらなその子は、同じくらいの背《せ》たけだ。

「な、なんら、こいつ」

男の子たちは、小さいからだで数人の男の子にひるまない小雨《こさめ》に、おどろいている。

「バカバカって、男がよってたかって、女をいじめるなんて、ひきょうじゃないか！」

小雨《こさめ》は、男の子たちをにらみつけた。

「ちっこいくせに、お、おっかねえがら！」

と、小がらな男の子がいったので、小雨《こさめ》はいいかえしてやった。

「おまえだって、ちっこいじゃないか」

小がらな男の子の顔は、一気にまっ赤になった。

「う、うるせいやー」

今度はさっきより力をこめて、男の子はえいっと小雨《こさめ》をつき飛《と》ばした。

「ううう」

ふたたびしりもちをついた小雨《こさめ》を、女の子はおろおろしながら、たすけおこした。

「なまいきなよそのもん、いい気にさせんなや、耕作《こうさく》！」

「バカをかばうもんもバカらいや。よそもんのバカ、やっちまえ、耕作《こうさく》！」

ほかの男の子たちが、わーわー小がらな子をたきつける。小がらな子の名前は、どうやら耕作《こうさく》というらしい。

「バカは、おまえらじゃないかっ」

小雨《こさめ》は負けていない。男の子たちに、むかっていくつもりだ。

耕作《こうさく》も、げんこつをふりあげた。

さすがに、時雨《しぐれ》はかけより、耕作《こうさく》のうでをぐいっとつかんだ。

「こらこら、もうやめなさい」

「はなせやっ」

耕作《こうさく》は、つかまれたうでをひっぱったが、うごかない。

細身のくせに、うでっぷしはなかなか強い時雨《しぐれ》に、耕作《こうさく》はうろたえた。

時雨《しぐれ》がうでをはなしてやると、耕作《こうさく》たちは、

「けんか、ふっかけてきたがは、そのなまいきぼうずのほうらねっか」

「おれら、なーんにも悪くねえっけんさ」

「そいがそいが、悪いがはそっちらてー」

と、いいわけしながら逃《に》げていった。

時雨《しぐれ》の顔を見て安心したのか、小雨《こさめ》は、急にてのひらがジンジンするのを感じた。見てみると、すり傷《きず》から血がにじんでいる。

しりもちをついたときに、とっさに地面に手をつき、すったようだ。

「三対一じゃ、勝ちめはないだろ」

時雨《しぐれ》は、よいしょっと背負《せお》っていた柳行李《やなぎごうり》をおろし、中から竹のつつと茶色のガラスびんをとりだした。

まず、竹のつつに入った水で、傷口《きずぐち》をあらい、つぎに竹のはしで綿《わた》をつま

んで、ガラスびんの液体《えきたい》をしみこませた。

女の子は、めずらしそうにそれをながめている。

「おめさん、お医者《いしゃ》さまらかね？」

「いいえ。ただの薬売りだよ」

時雨《しぐれ》はにっこりと笑顔《えがお》で答え、液体《えきたい》のしみこんだ綿《わた》で、小雨《こさめ》のてのひらの傷《きず》をおさえた。

小雨《こさめ》は、痛《いた》そうな顔をしている。

「痛《いて》えが？」

女の子は、じぶんも痛《いた》そうな顔をして心配した。

「すこーし、しみるだけ。だいじょうぶ」

小雨《こさめ》は、無理《むり》に平気《へいき》なふりをしたが、小さな女の子は、もうしわけなさそうに、やっぱり小さな声であやまった。

「かんべんな、おらのせいで」

「あんたのせいじゃないよっ」

小雨《こさめ》がぶんぶん首をふると、時雨《しぐれ》がいった。

「そうそう。勇気《ゆうき》ある弟子《でし》の身からでたさびだよね」

「ちっ、お師匠《ししょう》！」

小雨《こさめ》は、そりゃないよという顔をした。


女の子の名前は、ハナといった。

こんやの宿をさがしていると時雨《しぐれ》が話すと、

「こんげな小さな村に、宿屋なんかねえ。おらんちでいいがらけば。ボロ家らけど」

と、やっぱり小さな声でいった。

ハナは、おっかさんと兄さんの三人ぐらしで、おっかさんがひとりでささえる家は、ハナのいうとおりにボロ家で、そのくらしはまずしそうだった。

「まあまあ、ハナをかばってくれたがですか。おせわになりましたねぇ」

ハナのおっかさんのミツは、小雨《こさめ》に深々《ふかぶか》と頭をさげた。そして、魚をやいたり、野菜《やさい》をにたり、あれこれ晩《ばん》めしを用意してくれた。

「きょうは、正月らったかね！」

ハナの兄ちゃんの正吉《しょうきち》は、ごうかなおかずにおどろいている。妹のハナとは正反対の大きなからだを、うれしそうにゆさゆささせる。

「正月なわけねえろ。米のかり入れもまだらてがんに」

ハナはそっけない。つんとしつつ、皿やはしをならべたり、汁《しる》をおわんによそったり、こまごまとよくはたらく。

「お客さまがおられるすけ、きょうは、特別《とくべつ》なんらて、正吉《しょうきち》」

ミツがゆっくり話して聞かせると、正吉《しょうきち》はミツのうしろに、のそっとかくれた。からだが大きいので、ほとんどはみでている。

時雨《しぐれ》と小雨《こさめ》をじっと見つめる目は、知らないものをこわがっている感じだ。

「ぼくは、天野時雨《あまのしぐれ》ともうします。こちらは、弟子《でし》の小雨《こさめ》。旅の薬売りです」

時雨《しぐれ》は、にっこりほほえんだ。

「よろしく！」

小雨《こさめ》は気にせず、正吉《しょうきち》に近よっていく。

「よ、よろしく」

正吉《しょうきち》は、おそるおそるあいさつした。

男の子たちが、バカ吉《きち》とからかっていたのは、この正吉《しょうきち》のことだろう。正《しょう》吉《きち》は大きなからだのくせに、気が弱そうで、とてもおっとりしている。しゃべるのも、人の倍ほどゆっくりだ。

「おめさんがたは、夫婦《ふうふ》になるがー？」

正吉《しょうきち》がまじめな顔で、時雨《しぐれ》と小雨《こさめ》に聞いた。

「へ⁉」

時雨《しぐれ》は、すっとんきょうな声をあげた。

「おれら、男同士《どうし》だし、年もはなれてるし。そんなわけないだろー」

小雨《こさめ》がいった。

「男同士《どうし》……時雨《しぐれ》さんは、女らねえがー？　なあ、きょうは祝言《しゅうげん》らろ」

正吉《しょうきち》は、ごちそうを指さした。

「祝言《しゅうげん》！」

時雨《しぐれ》は、顔をひきつらせた。

こんなごちそうがならぶのは、正月か祝言《しゅうげん》の席《せき》しかないと、正吉《しょうきち》は思っているようだ。

「あははは。お師匠《ししょう》は女みたいにきれいだけど、男だよ。祝言《しゅうげん》なんてあげるわけないよ」

小雨《こさめ》が笑《わら》い、ミツが笑《わら》い、時雨《しぐれ》も顔をひきつらせながら笑《わら》い、そして正吉《しょうきち》も笑《わら》った。

でも、ハナだけは、まるで興味《きょうみ》がないみたいに、知らんぷりしている。晩《ばん》めしを食べているあいだもずっと、ハナは正吉《しょうきち》に話しかけることもなければ、目をあわせようともしない。

(なんだい、感じ悪いなあ)

小雨《こさめ》は思った。

晩《ばん》めしがすむと、正吉《しょうきち》はすぐにねむってしまった。小雨《こさめ》も、そのとなりで横になると、ことんっとねてしまった。

「いい子なんですて。ただちっとほかの子よりも、いろいろおそいだけで」

ミツは、ぐーすかいびきをかいてねむる正吉《しょうきち》の頭をなでていった。

それから、自分のこめかみをつらそうにおさえた。

「頭痛《ずつう》ですか？」

時雨《しぐれ》はたずねた。

「はい。たまに、ずきずきと」

「そうですか、つらいですね。では、これを」

柳行李《やなぎごうり》を開き、時雨《しぐれ》がとりだしたのは、丸薬《がんやく》だった。それを紙につつんで、ミツに手わたす。

「すっきり快適丸《かいてきがん》です。痛《いた》くなったときに、ひとつぶだけ飲んでください」

ミツはじっと丸薬《がんやく》をながめ、鼻に近づける。

「かわったにおいがするでしょう。ちょっと飲みにくいかな」

時雨《しぐれ》がいうと、ミツはこう話しだした。

「ずいぶん前、こめかみをおさえていたら、時雨《しぐれ》さまのような旅の方に、お薬を分けていただいたことがあるんです。それが、これとそっくりでした」

「そっくり？」

時雨《しぐれ》は、ミツを見た。

「ええ、こんげなにおい、わすれませんて」

「その旅の方は、もしかして、白いひげをたくわえて仙人《せんにん》のようでしたか⁉︎」

時雨《しぐれ》の質問《しつもん》に、ミツはにっこりほほえんだ。

「はい、そうらったですね」

まちがいない、お師匠《ししょう》だ……と時雨《しぐれ》は思った。この丸薬《がんやく》は、ほかの薬売りたちでは作れないものなのだ。ひみつの薬草をねりこんである。

これを作れるのは、時雨《しぐれ》とお師匠《ししょう》だけ。

「その人は、どこに行くといっていましたか？」

聞いてみたが、ミツは薬をもらった礼をいっただけで、ほかにはなにも話さなかったらしい。

「お師匠《ししょう》……」

時雨《しぐれ》は、柳行李《やなぎごうり》から手紙をだしてきて開いた。

お師匠《ししょう》が残《のこ》していった手紙、なつかしい文字を手でなぞった。


つぎの日。

はりきる小雨《こさめ》にひっぱられて、時雨《しぐれ》は村の家をまわった。

と、ふたりの前に、てんびん棒《ぼう》をかついだ正吉《しょうきち》があらわれた。てんびん棒《ぼう》には、左右に水のたっぷり入ったおけがひっかかっている。水くみの帰りのようだ。

正吉《しょうきち》は、思いつめたような顔をしている。

「どうしたの？」

小雨《こさめ》がたずねると、正吉《しょうきち》はもじもじしながら聞いた。

「えっと、あの……時雨《しぐれ》さんは、どーんな薬でも、持ってるがかね？」

時雨《しぐれ》はそれに、やさしく答えた。

「そうだねえ。いろんな薬があるんだよ。どうかしたのかい？」

正吉《しょうきち》は、ぎゅっとくちびるをかんでいる。

「しんどいところがあるんだったら、なんでもいいから、教えてよ」

小雨《こさめ》は、下をむいている正吉《しょうきち》の顔をのぞきこんだ。すると、正吉《しょうきち》はいった。

「おれの、バカが治《なお》る薬もあるろっか？」

「え？」

時雨《しぐれ》と小雨《こさめ》は、すぐにことばがでなかった。

「やっぱりねえがーかね……」

正吉《しょうきち》はうなだれた。

「おれのせいで、ハナはいっつも、かわいそうなんらて」

「そんなことないと思うよ。正吉《しょうきち》さんみたいに、やさしい兄ちゃんがいるなんて、うらやましいよっ」

小雨《こさめ》はうったえた。

「うらやましいなんて、うそらいや!」

正吉《しょうきち》は、小雨《こさめ》をにらんだ。

「うそじゃないよ!」

小雨《こさめ》はむきになって、いいかえす。

「ハナは、おれのせいで、いっつもからかわれている。いっつも泣《な》いてる!」

正吉《しょうきち》は大声でそういうと、てんびん棒《ぼう》と水の入ったおけをとり落として、走りさってしまった。

「ほんとうに、うらやましいのにさ……」

小雨《こさめ》は、しょんぼりしぼんでしまった。

「正吉《しょうきち》くんは、やさしい子だねえ」

時雨《しぐれ》はつぶやくと、先を歩きだした。

そのあとを、小雨《こさめ》はとぼとぼついていく。死んでしまった沖吉《おききち》のことを思いだしていた。

(兄ちゃんとか妹とか、すごくうらやましいよ)

元気のない小雨《こさめ》に、時雨《しぐれ》が声をかける。

「ぼくは、みなさんに薬をくばる。小雨《こさめ》は、みんなに元気をくばるはずじゃなかった?」

「……」

元気をくばるのは、師匠《ししょう》と弟子《でし》の関係になったときに、かわした約束《やくそく》だ。

「そうだった……ううう、よしっ！」

小雨《こさめ》は両手にこぶしをにぎって、気合いを入れた。


腰《こし》が痛《いた》いおばばさまには、養生黄湿布《ようじょうきしっぷ》。

頭痛《ずつう》持ちのおっかさまには、すっきり快適丸《かいてきがん》。

目がかすむじじさまには、猫目薬《ねこめぐすり》。

腹《はら》くだしの子どもには、十八草薬丸《じゅうはっそうやくがん》。

顔のふきでものになやむ娘《むすめ》さんには、別嬪塗薬《べっぴんとやく》。

なんだか元気がないおとっさまには、長寿回復水《ちょうじゅかいふくすい》。

時雨《しぐれ》と小雨《こさめ》は、一けん一けん村の家をまわって、まず病人の話を聞き、それにおうじた薬をわたした。

「なんにせ、胃《い》がちくちく痛《いた》むんですて」

小川のほとりの家のおくさんは、やせていて、青白い顔をしている。

「針《はり》をさすような痛《いた》みですか?」

と、時雨《しぐれ》は聞いた。

「そいがです、いつもは。でも、ぞうきんをしぼるみてぇに、腹《はら》をしぼられているみてぇに痛《いた》むときもありますて」

おくさんは、つらそうだ。

「そうですか、では、百万力湯《ひゃくまんりきとう》を」

「はいっ、お師匠《ししょう》!」

時雨《しぐれ》の指示《しじ》どおり、小雨《こさめ》は柳行李《やなぎごうり》の中の薬から、百万力湯《ひゃくまんりきとう》をさがす。

それを、障子《しょうじ》を少しだけ開けて、のぞいている男の子たちがいた。きのう、時雨《しぐれ》にうでをつかまれた耕作《こうさく》と、そのおとうとの草二郎《そうじろう》だ。

「きのうのやつららねっか」

「あんげなもんで、ほんとにおっかさん、よくなるがかな?」

ふたりは、この家の子どものようだ。

「医者《いしゃ》さまら、ねえみてぇられ」

「そいが、ただの薬売りのがーて。あやしい薬かもしんねぇれ。だいじょうぶらろっか」

聞こえないようにひそひそ話しているつもりらしいが、その声は、しっかり聞きとれる。

「だいじょうぶですよ。といっても、信用はしないでしょうけど、まあ、だまされたつもりで飲んでみてください」

時雨《しぐれ》は障子《しょうじ》にむかって、いってやった。

「おれたちは、逃《に》げもかくれもしないぞ。きかなかったり、もっと悪くなったりしたら、いつでも文句《もんく》いいに、きたらいいよ。もうしばらく、正吉《しょうきち》とハナの家にいるからねっ」

小雨《こさめ》は、鼻息あらくそういった。

「バカ吉《きち》の家にいるがか」

「じゃあ、あいつのバカも、治《なお》してやればいいねっか」

耕作《こうさく》と草二郎《そうじろう》は、くすくす笑《わら》いあっている。

「こらっ。バカは、おめだちらて！」

おくさんは、ぴしゃっとふたりをしかった。

日がくれる前に、時雨《しぐれ》と小雨《こさめ》は、正吉《しょうきち》とハナの家にもどった。

宿代をはらうと、ミツはもうしわけなさそうに頭をさげ、

「そんげにいただいたんなら」

と、きのうにもまして、うまいものを用意してくれた。

「正月でも祝言《しゅうげん》でもねえてがんに、豪儀《ごうぎ》らねっか」

正吉《しょうきち》は、目を丸くしている。

「みんな、時雨《しぐれ》さまのお薬は、こってきくって、ありがたがってましたて。こんげないなかの村、医者《いしゃ》さまにかかるいうたたって、遠くの村まで行かんばならねんだ」

重病人は、そんな体力がないし、軽いものは、がまんしようということになる。薬は、村の者にとってどんな宝物《たからもの》よりも、ありがたいものなのだ。

ミツは話しながら、つぎつぎ時雨《しぐれ》と小雨《こさめ》の前にごちそうをはこんでくれた。

正吉《しょうきち》とハナも手つだっている。お客さんでいるのにむずむずした小雨《こさめ》は、立

ちあがった。

「おれも、はこぶよー」

と、かまどのほうへいった小雨《こさめ》は、大声をあげた。

「わあああー！」

「どうしました！」

あわてて、時雨《しぐれ》も立ちあがった。

チューーー。

大きなネズミが、走っていく。

「あれだけは、だめなんだよう」

小雨《こさめ》は、なみだ目になっている。

「あらあら、かんべんな」

ミツがあやまる。

「あははは。勇気《ゆうき》いっぱいの小雨《こさめ》にも、こわいものがあったか」

時雨《しぐれ》が笑《わら》うと、小雨《こさめ》は口をとがらせた。

「ここんとこ、いっぺえいるんだ。追いはらっても追いはらっても、どっからでてくるんだ」

正吉《しょうきち》は、ネズミにはなれっこのようだった。

「くれぐれも、とりあつかい注意《ちゅうい》なんですが……」

時雨《しぐれ》は、赤い紙につつんだ薬をミツにわたした。

それはネズコロシという薬で、ネズミたいじのための劇薬《げきやく》だ。食べると、ネズミが死ぬぐらいなのだから、人間があやまって口に入れてしまったら、たいへんなことになる。

「まあまあ、気をつけて使いますて」

ミツは、ネズミしか通らないようなせまい場所に、ネズコロシを置《お》いた。

そして残《のこ》りは、たなのおくにしまった。

じっと正吉《しょうきち》が見ているので、きつく注意した。

「ぜったいに、さわるなね。まちがっても、飲んじゃだめられ。飲んだら、死んでしまうすけ！」

「わ、わかったて」

正吉《しょうきち》は真剣《しんけん》な顔で、こくりとうなずいた。


翌日《よくじつ》も、時雨《しぐれ》と小雨《こさめ》は、村の家々をまわった。

「きょうは、ついてこないね」

小雨《こさめ》は、まだ正吉《しょうきち》のことを気にしていた。

親きょうだいと死にわかれた小雨《こさめ》は、正吉《しょうきち》とハナがうらやましかった。どうかきらいだなんていわずに、仲《なか》よくしてほしい。

きょうで、村の家はぜんぶまわれる。あすには、また旅だつことになるだろう。

(その前に、もういっぺん、話してみよう)

小雨《こさめ》が、そんなふうに思っているときだった。

「時雨《しぐれ》さまーーー！」

ものすごいいきおいで、ミツがかけこんできた。

「どうしたの!? ミツさん」

家の人は、びっくりしている。

はあはあ息を切らしながら、ミツは必死《ひっし》にことばをつなげる。

「う、うちの、正吉《しょうきち》が、薬を、ネズ、ネズコロシを、の、飲んじまったんです！」

「なんてことを！」

時雨《しぐれ》の顔がけわしくなった。

広げていた薬や帳面を、小雨《こさめ》は急いでしまった。

量《りょう》によっては、死にいたる劇薬《げきやく》なのだ。

時雨《しぐれ》と小雨《こさめ》は、とにかく走った。

家につくと、正吉《しょうきち》はふとんに横になっていた。かたわらには、ハナがつきそっている。

「ちゃんといっておいたてがんに……ああ、この子、なぁしてさ」

たすけてくださいと、ミツは泣きくずれた。

正吉《しょうきち》は、くるしそうにうんうんうなっている。

時雨《しぐれ》は、粉薬《こなぐすり》を水でとき、正吉《しょうきち》の口を無理《むり》やりこじ開けて、流しこんだ。

しばらくすると、正吉《しょうきち》は、げほげほと胃《い》の中のものをはきだした。そうすると、時雨《しぐれ》は、さらに別《べつ》の薬をのませた。

「おらのせいらて。大皿をとるときに、かあちゃんがたなのおくにしまっていたネズコロシ、おらがだしっぱなしにしてたが。兄ちゃん、それをなんだろうって思って、口に入れてしまって……」

ハナはふるえている。

「ハナちゃん……」

小雨《こさめ》は、ハナの肩《かた》をおさえた。

「これを日がしずむころに一ぷく、それから日がのぼるころにまた一ぷく、飲ませてください。それでも気がつかないときは、同じように、また日がしずむころ、日がのぼるころに一ぷくをくりかえして」

時雨《しぐれ》は、薬をミツにわたそうとしたが、やめてハナのほうにわたした。

「正吉《しょうきち》さんは、あの世《よ》に行きかけてる。でも、あきらめちゃいけないよ。ハナちゃんが飲ませてあげて、よびかけるのがいいと思う」

「はいっ」

ハナはしっかりと、薬をうけとった。

ひと晩《ばん》たっても、ふた晩《ばん》たっても、正吉《しょうきち》は目をさまさなかった。ハナはかたときもはなれず、正吉《しょうきち》のまくらもとにすわっている。

「少し休んだほうがいいよ」

見かねて、小雨《こさめ》が交代しようと声をかけたが、ハナはことわった。自分がはなれたら、兄ちゃんは遠くへいってしまう気がするのだという。

小雨《こさめ》は、だまって時雨《しぐれ》を見た。

「見守りましょう」

と、時雨《しぐれ》はいった。

三日めの晩《ばん》。

がんばっていっしょにおきていた小雨《こさめ》も、さすがにうとうとしていた。すると、楽しそうなうたが聞こえてくる。

だんごごろごろ　ごろごろだんごー
なにだんご？
くさだんご　はなみだんごに　いもだんごー
だんごごろごろ　ごろごろだんごー
おまえのだんごは　どろだんごー
くうにくわれぬ　どろだんごー

夢《ゆめ》うつつで聞いていたが、小雨《こさめ》ははっとして、飛《と》びおきた。

「だんごごろごろ　ごろごろだんごー」

うたっているのは、ハナである。

「なにだんご？　くさだんご　はなみだんごに、いもだんごー」

小雨《こさめ》が目をさましたのに気づいたハナは、

「かんべんな、おこしてしまったなぁ」

と、あやまった。

「ううん。おれ、いつのまにかねちゃって。そのうた、なんだか楽しそう」

小雨《こさめ》にいわれて、ハナははずかしそうに下をむいた。

「これ、兄ちゃんが、よくうたってくれたんだて」

むかしはハナはお兄ちゃん子で、いつも正吉《しょうきち》のあとをくっついていたのだそうだ。母親のミツがのら仕事にでて、さみしいときや、ころんでひざをすりむいたとき、正吉《しょうきち》はうたってくれた。そうするとハナはたちまち元気になって、きゃっきゃと笑《わら》った。

「だんごごろ　ごろごろだんごー」

正吉《しょうきち》に聞こえているのかどうかはわからないが、ハナはうたい続《つづ》けた。

(兄ちゃん、おきてくれて。へぇ、兄ちゃんの妹《いもうと》がやだなんて、ぜったいにいわねえっけんさ……)

どんなときも、ほがらかに笑《わら》っていた正吉《しょうきち》は、ほんとうにやさしい兄ちゃんだった。

「おまえのだんごは　どろだんごー　くうにくわれぬどろだんごー」

ハナは、なみだをこらえながらうたった。

「ん、んん、ん」

そのとき、正吉《しょうきち》に反応《はんのう》があった。

くるしそうにうなっているだけではない。気がついたかのように見えた。

たしかに、ハナのうたにこたえるように。

「兄ちゃん!」

ハナは、必死《ひっし》によびかけた。

「ん、んんん」

また反応《はんのう》。

「兄ちゃん！」

ハナがさけび、小雨《こさめ》もさけぶ。

「正吉《しょうきち》さん！」

「ん、んんん、んー」

なんと、正吉《しょうきち》の目が開いた。

「兄ちゃん」

「正吉《しょうきち》さん！」

よろこぶハナと小雨《こさめ》に、首をかしげて、

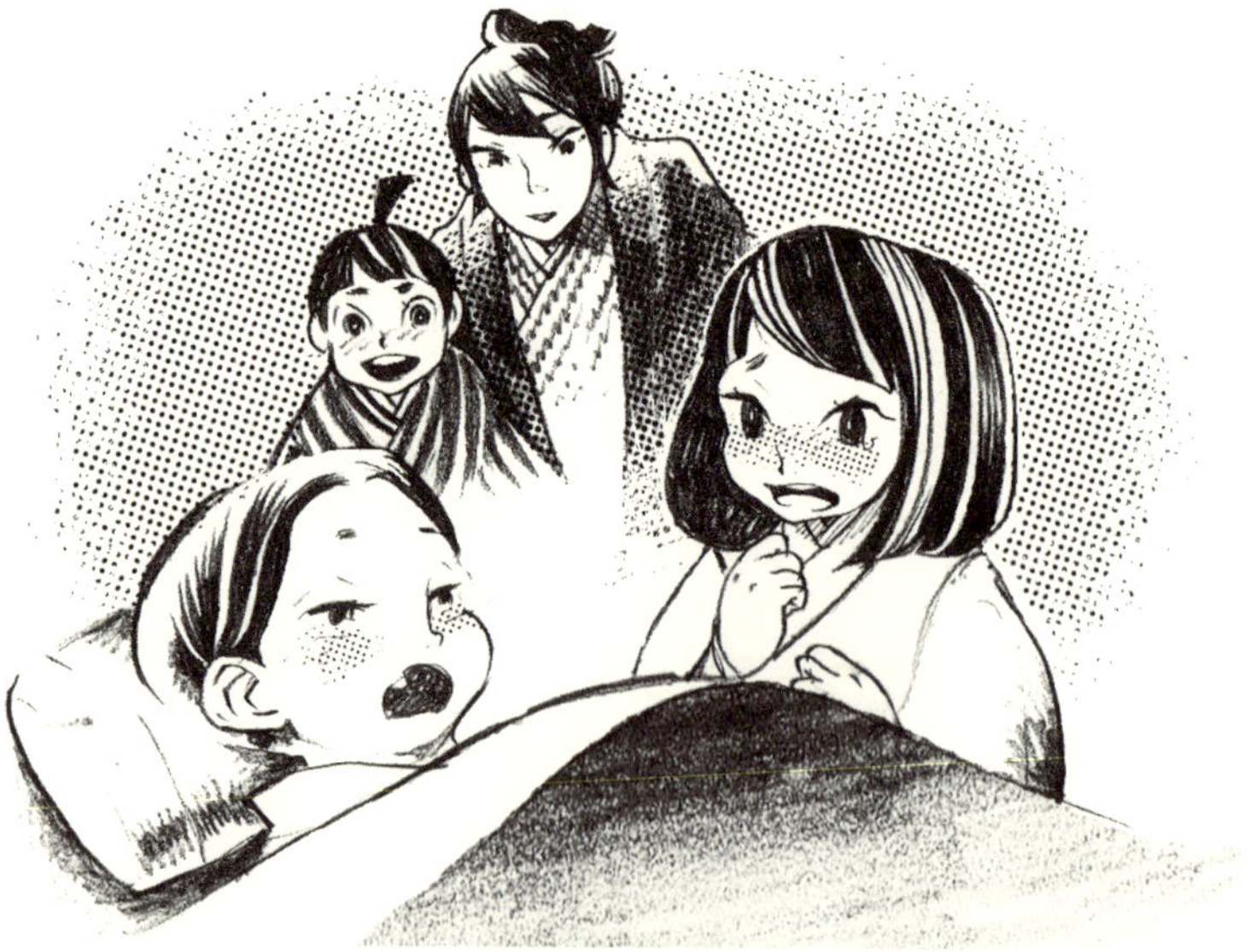

「ふあー」

と、正吉《しょうきち》は大きなあくびをひとつした。

もう少しいてくれれば、新米を食べてもらえたのにと、ひきとめられたが、翌日《よくじつ》、時雨《しぐれ》と小雨《こさめ》は、村をたつことにした。

つぎの村の、時雨《しぐれ》の薬が必要《ひつよう》な人たちのために、のんびりしてはいられない。

「おせわになりました。ごちそう、ありがとうございました」

時雨《しぐれ》が礼をいうと、ミツは時雨《しぐれ》の耳もとでささやいた。

「時雨《しぐれ》さま、あんた、男の人のふりしていなさるけど、女の人のがでしょ?」

時雨《しぐれ》はぎくっとして、顔色をかえた。

「かくしていなさったたって、ちっといっしょにくらしてればわかりますて、おんなじ女らすけ。旅をするがは、男のなりしてるほうがつごうがいいですいね。ほんに、たいへんな思いして、薬をとどけてくださって。どうぞ、くれぐれも気をつけて」

ミツは、深々《ふかぶか》と頭をさげた。それから、ハナと正吉《しょうきち》といっしょに、先に歩きだしている小雨《こさめ》に、声をかけた。

「ねえー、かわいげなお弟子《でし》さーん。おめさんが、きれいなお師匠《ししょう》を守ってあげんば、だめらよー」

小雨《こさめ》はその声にぴたりと足をとめ、なぜそんなことを、わざわざいわれたのかわからないが、

「はーい」

と、笑顔《えがお》で手をふった。

時雨《しぐれ》はただだまって、ミツにおじぎをすると、小雨《こさめ》たちを追いかけた。

お師匠《ししょう》に時雨《しぐれ》と名前をもらったあの日から、少女は、男として生きていくことになったのである。


ハナと正吉《しょうきち》は、村をでるぎりぎりの場所までついてきてくれた。

時雨《しぐれ》は、ふたりのために、笛をふいてやった。

ピーヒョロロロ　ロロロロ
ピーヒョロ　ヒョロ　ヒョロ
「だんごごろごろ　ごろごろだんごー」

それにあわせて、正吉《しょうきち》とハナがうたう。正吉《しょうきち》は、すっかり元気になった。

あぜ道のむこうに、耕作《こうさく》と草二郎《そうじろう》のきょうだいのすがたが見える。

「わー、バカ吉《きち》らいやー」

「バカ吉《きち》が、のろのろ歩いてるれー」

ふたりは、また正吉《しょうきち》をからかう。

「あいつらー」

小雨《こさめ》がむかっていこうとしたら、ハナが大きな声でいった。

「兄ちゃんは、バカじゃねえてー!」

いつも小さな声しか出さないハナの大声におどろいて、耕作《こうさく》と草二郎《そうじろう》はぽかんと口を開けている。

時雨《しぐれ》はほほえみながら、笛をふく。

ピーヒョロロロ　ロロロロ
ピーヒョロ　ヒョロ　ヒョロ

土もこの目玉

春の旅は、気持ちがいい。

あつくもなく、さむくもなく、いくらでも歩ける気がする。花もたくさんさいていて、それを見ながら歩くのは、とても楽しい。

ひとつの村からつぎの村へ、時雨《しぐれ》と小雨《こさめ》は、予定どおりに歩いていた。とちゅう、休けいするのに、ちょうどいい野原があったので、昼《ひる》めしを食べることにした。にぎりめしを、やわらかい草の上でほおばる。

「いいお天気ですねえ」

時雨《しぐれ》は空にむかって、ぐーっとのびをした。

ひらひら、黄色のチョウが飛《と》んできて、時雨《しぐれ》の頭にとまった。時雨《しぐれ》は、チョウを追いはらいもせずにこにこしている。

「もう少し、足をのばしてみようか。この先に、小さな小さな村があると、聞いたことがあるんだ」

頭にチョウをとめたまま時雨《しぐれ》は、地図を広げた。

「行ったことのない村？」

小雨《こさめ》がたずねると、時雨《しぐれ》は「ええ」と答えた。

時雨《しぐれ》がまだ一度もおとずれたことがない、山あいの小さな小さな村。予定では瀬戸内《せとうち》のほうへでるつもりだが、その前によってみてもいい。もちろん医者《いしゃ》はおらず、体調が悪くても、がまんするしかないと、村人はすっかりあきらめているにちがいない。

「お師匠《ししょう》！　その村の人たち、きっとよろこんでくれるよっ」

小雨《こさめ》は、にぎりめしの最後《さいご》のひとくちを、急いで口にほうりこんだ。必死《ひっし》に口をもぐもぐさせている小雨《こさめ》を見て、時雨《しぐれ》は笑《わら》うと、頭のチョウははなれて飛《と》んでいった。

「まったくもう、小雨《こさめ》はせっかちだねえ。ゆっくり食べてからでも、じゅうぶん間にあうよ」

「で、でもー」

と、小雨《こさめ》はやはり少しでも早く、たちたいのだ。

(おれたちの薬を、よろこんでくれる人がいる)

そう思うと、わくわくしてくる。

「では、行こうか」

時雨《しぐれ》は、重いふろしきづつみを、よいしょっと背負《せお》った。


村についたのは、夜になってからだった。

のんきな師匠《ししょう》のいうことを信用《しんよう》しちゃいけないと、弟子《でし》はつくづく反省《はんせい》した。

時雨《しぐれ》は「だいじょうぶだよ、のんびりいこう」といいながら、さくらを見たり、わき水を飲んだり。そんなことをしていたら、日がくれてきた。

「急ぐ旅でもないし、きょうじゅうに村につけなくても、まあ、だいじょうぶだよ……」

気候《きこう》もよいし、今晩《こんばん》もまた野宿するのも気持ちがいいと思っている時雨《しぐれ》に、あせるようすはない。

野宿がいやなわけではないが、小雨《こさめ》はとにかく早く村の人たちに、薬をとどけたい。

「だめだよっ。もしかしたら、今、お腹《なか》が痛《いた》くて、うんうんくるしんでる人がいるかもしれないのに」

小雨《こさめ》は、うしろから、時雨《しぐれ》の腰《こし》をおした。

日がくれても、今夜《こんや》は満月《まんげつ》だ。月明かりで、なんとか山道を進める。

せっせと歩いて、やっとその村にたどりつき、ふたりは一けんの家の戸をたたいた。

「あのー、すみません」

明るければ、村のようすをたしかめながら、とめてもらえそうな家をさがすのだが。もう暗《くら》くなった村をうろうろしていては、あやしい者じゃないかと、うたがわれてしまうかもしれない。

もしこの家でことわられたら、野宿だと時雨《しぐれ》は決めていた。

「どちらさまかのう？」

家のあるじが、がたんっと戸を開ける。

「こんなおそくにすみません。旅の薬売りでございます。ひと晩《ばん》、とめていただけないでしょうか？」

時雨《しぐれ》はぼうしをぬいで、頭をさげた。

白髪《しらが》で腰《こし》のまがったおじいさんのあるじは、戸をちょっとだけ開けて、

時雨《しぐれ》のすがたを上から下まで、じいっと見ている。

旅の男を、かんたんにうけいれるのは、さすがにためらわれるのだろう。

時雨《しぐれ》はせいいっぱい、あいそよく笑《わら》った
「こんばんは」

時雨《しぐれ》のうしろから、ひょっこり小雨《こさめ》は顔をだした。

「なんだ、かわいいおつれさんがおるんじゃの」

おじいさんは、安心したように、顔をほころばせた。

男ひとりの旅人だと信用《しんよう》できないが、子どもづれの旅人ならば、悪い者ではないとみてくれたようだ。

「とにかく入られー」

おじいさんは、戸を広く開けてくれた。

こぢんまりした家のまん中には、いろりがあって、その前に、同じように白髪《しらが》で腰《こし》のまがったおばあさんが、すわっていた。

「人をとめるなんて、何十年ぶりじゃろう。あらまあ、どげんしょう」

おばあさんは、こまったような、でもうれしいようなふうだ。

「ああ、おかまいなく。部屋のすみで、横にならせてもらえれば……それでたいへんありがたいですから」

時雨《しぐれ》は、おばあさんに声をかけた。

ほかに人のいる感じはなく、おばあさんとおじいさんが、つつましくふたりでくらしている家だった。とつぜんの客をもてなすものなど、なんにもないと思われた。それでも、おばあさんは、気をつかってくれる。

「なんもなえんじゃけど、こがあなもんでも、よけりゃあどうぞ」

と、いろりにかけたなべの汁《しる》を、おわんによそってくれた。

大根《だいこん》の葉やごぼうがうかんだ汁《しる》は、みそのいい香《かお》りがした。

「ありがとう」

小雨《こさめ》はおわんをうけとって、お礼をいった。

ねるときになると、おじいさんとおばあさんは、ひと組しかないふとんを、時雨《しぐれ》と小雨《こさめ》にかしてくれようとした。

もちろん時雨《しぐれ》はことわって、ござの上に横になった。すると、おばあさんはかなしい顔をした。

「じじばばのボロふとんは、やっぱりいやかのう」

「そ、そんなことないんですよっ、えっと、あの……」

時雨《しぐれ》はうまくつたえようとするが、しゃべればしゃべるほど、いいわけをしているようになってしまう。そうしたら、小雨《こさめ》がすっとおばあさんとおじいさんのふとんに、もぐりこんだ。

「おれ、いっしょにねてもいい？」

「もちろんで。おいでおいで」

おばあさんは、うれしそうだ。だれかといっしょのふとんでねむるのはひさしぶりの小雨《こさめ》も、うれしくてたまらない。その晩《ばん》、小雨《こさめ》はしあわせにつつまれて、ぐっすりねむった。


朝は、けたたましいにわとりの鳴き声で、目がさめた。

ふたりは、まず外に出てみた。家のすぐとなりに、とり小屋がある。

「それで、あんなに大きく聞こえたんだねえ」

時雨《しぐれ》は、せわしくうごきまわるにわとりをながめた。

ゆうべは暗《くら》くて見えなかった村の全体が、朝もやの中にうかびあがる。

村はほんとうに小さく、数けんの家がぽつんぽつんと、山を切り開いた場所に立っている。多くの村をまわってきた時雨《しぐれ》だが、こんなに小さな村は、

はじめてだ。

「あ、水車だ」

小雨《こさめ》がむこうを指さす。

さらさらと、小川が流れている。その水力を利用して、かたかたと水車がまわっている。

小雨《こさめ》は水車を近くで見たいと、走っていった。

「見たら、すぐに帰ってくるんだよー」

時雨《しぐれ》は、ウサギみたいにはねていく小雨《こさめ》に、いちおう声をかけておいた。

小川には、すんだきれいな水が流れていた。

「わーい」

小雨《こさめ》は、てのひらで水をすくって、ばしゃばしゃ顔をあらった。

「あー、すっきりした」

と、顔をあげたら、すぐ近くに女の子が立っていた。

「わあっ！」

小雨《こさめ》は思わず、大きな声をだしてしまった。

小雨《こさめ》の声に、女の子のほうもびっくりしてしまったみたいだ。目をぱちくりさせている。

「あの家から、出てきたじゃろう？　茂吉《もきち》じいさんとこの、お客さまかのう」

女の子は、おそるおそるたずねた。

「うん。きのうの晩《ばん》、とめてもらったんだ。おれたち、旅の薬売りなんだよ」

小雨《こさめ》が自己紹介《じこしょうかい》すると、女の子は、さらに目をぱちくりさせた。

「薬!?　なんでも治《なお》せるん?」

「なんでもじゃないけど、いろいろ治《なお》せるよ」

小雨《こさめ》は、じまんげに答える。

「そりゃ、すげえ。みんなに、教えてやらんと!」

女の子は、こうふんしている。そして、

「ちいと、ここで待っといて!」

というなり、かけだしていった。

女の子のいきおいに、小雨《こさめ》は「うん……」と返事してしまった。

(あまりあそんでられないんだけどなあ)

小雨《こさめ》が水車を見ながら待っていると、さっきの女の子が、わいわいほかの三人の女の子をつれて、もどってきた。

「おおー」

「男の子じゃー」

「かわいいのうー」

女の子たちは、小雨《こさめ》をとりかこむ。

あまりにめずらしそうに、じろじろ見られて、小雨《こさめ》はいささかむっとした。

しかも、女の子にかわいいだなんていわれて、あまりうれしくない。

「男の子が、そんなにめずらしいのかい⁉」

にらみつけると、女の子たちは、もうしわけなさそうにしている。

「ごめんよ」

最初《さいしょ》にであった女の子が、あやまった。

聞くと、この村には今、男の子がいないという。最近《さいきん》生まれているのは女の子ばかり。一番年の近い男の子は、十七歳《さい》の兄さんなのだが、その兄さんは、町にはたらきにでていってしまったそうだ。

「全員でも、子どもは五人しかおらんけど。わたし、ウタ、よろしゅうな」

最初《さいしょ》にであった女の子は、ぺろっと舌《した》をだした。

それぞれ、ほかの女の子たちも名前を教えてくれた。

「わたし、ミヤ」

「モモ」

「ナナ」

これで四人だ。モモとナナは姉妹《しまい》らしい。

女の子四人にかこまれて、小雨《こさめ》はどきどきしてしまった。ほっぺたがなんだか熱《あつ》い。

全員で五人ということは、あともうひとりいることになる。

時雨《しぐれ》は、茂吉《もきち》じいさんの腰《こし》に湿布《しっぷ》をはってやりながら、村のことを聞いて

いた。

小さな村の人間関係《かんけい》は、どうしてもきょうだいや親類《しんるい》ばかりになる。だからこそ、よめやむこは、別《べつ》の村からむかえるようにしている。

「ここの人らあ、みんな仲《なか》がようてねえ。はじめは、ええように輪《わ》に入れるか、不安《ふあん》じゃった」

よその村からここにとついできたおばあさんは、遠いむかしのことを、なつかしげに語ってくれた。おばあさんがとついできたころは、今とは反対に、村には男の子ばかりだったそうだ。

年の近い子たちは、みんなきょうだいのように育ってきている。少ない友だちを大切にしなさい、仲よくしなさいと、代々、村のおとなたちは、子どもたちに教える。それから、よそからきた人は宝物《たからもの》、決して仲間《なかま》はずれにしてはいけないというおきてもある。

「じゃけえねえ、不安《ふあん》なんてとんでもねえわ。この人は、みんなにかわいがってもろうて、しあわせじゃったと思うよ、じゃろ？」

茂吉《もきち》じいさんがおばあさんにいうと、おばあさんは、うふふとほほえんだ。

（いいご夫婦《ふうふ》だなあ）

時雨《しぐれ》が、すっかりなごやかな気持ちになっているところへ、

「お師匠《ししょう》！」

と、かけこんできたのは、なにかとさわがしい弟子《でし》の小雨《こさめ》だ。

「お師匠《ししょう》、この子、みてあげてっ」

小雨《こさめ》は、ぞろぞろと子どもたちをひきつれて、もどってきた。

数えると、女の子が五人いる。ウタ、ミヤ、モモ、ナナ。そして、もうひとりは、リンという女の子だった。

小雨《こさめ》は、リンの手をひっぱって、時雨《しぐれ》の前におしだした。

時雨《しぐれ》は、リンの視線《しせん》が気になった。

「はじめまして」

時雨《しぐれ》があいさつしても、リンの視線《しせん》は、むこうのほうにある。

「天野時雨《あまのしぐれ》です。ぼくはただの薬売りで、医者《いしゃ》じゃないんだけど、薬で治《なお》せることもたくさんあるんだよ。どこが悪いのかな」

時雨《しぐれ》は、なるべくリンの目を見て話した。

しかし、リンは時雨《しぐれ》を見ない。

「わたし、目が見えんのじゃけど、治《なお》せる薬、あるじゃろか?」

リンは、たんたんといった。

（やっぱり……）

時雨《しぐれ》は、リンの目をのぞきこんだ。うごかないひとみ、少しも見えていないようだ。

「いつから？」

時雨《しぐれ》がたずねると、リンは、またたんたんと答える。

「たぶん生まれたときから」

「……そうですか」

時雨《しぐれ》は、うでをくんだ。柳行李《やなぎごうり》に入っている薬に、手をのばそうとしない師匠《ししょう》に、小雨《こさめ》はいった。

「どのお薬？」

すがるような目の小雨《こさめ》と、まわりの子どもたち。時雨《しぐれ》はつらかった。けれど、うそはつけない。

「薬はありません。ざんねんながら、ぼくには、リンちゃんの目は治《なお》せない
……すみません」

見えていないリンの目をしっかり見つめ、時雨《しぐれ》はそうつたえた。

「そんなあ。どうにかしてあげてよっ、ねえ、お師匠《ししょう》！」

小雨《こさめ》は時雨《しぐれ》のうでをつかんで、強くゆすった。

「……」

時雨《しぐれ》はだまっている。

ミヤも、泣《な》きそうな顔でたのむ。

「治《なお》してつかあさい！」

モモと妹のナナは、すでに泣《な》いていて、

「お願《ねが》いじゃけん！」

と、すがった。

「……ごめんね」

時雨《しぐれ》は、そうとしかいえない。

見えはしないが、リンには、時雨《しぐれ》がどんなにつらそうな顔をしているか、はっきりわかった。

「い、いいよ、しょうがねえことじゃけえ」

リンは笑《わら》った。

それを見て、泣《な》いていなかったミヤと小雨《こさめ》の目からも、ぽろぽろなみだがこぼれた。

ただウタだけは泣《な》かずに、けわしい顔をしていた。

ウタは怒《おこ》っていた。大好《だいす》きな友だちの目が、どうにもならないことに対するやりきれなさは、かなしみをこえて、怒《いか》りになり、ウタの中でうごめいている。

「無理《むり》ばあいうて、ごめいわくをおかけしちゃいけんじゃろ。さあ、帰られー」

茂吉《もきち》じいさんは、子どもたちの頭をおさえた。

えんえん泣《な》きながら、ミヤ、モモ、ナナが、しょんぼりでていく。

「そんなにかんたんに、あきらめないでおくれよ！」

小雨《こさめ》は、時雨《しぐれ》の肩《かた》をつかんで、ゆすった。

だまっている時雨《しぐれ》を、小雨《こさめ》はずるいと思った。

ウタは、時雨《しぐれ》をきつくにらんでいる。

「わたしは、あきらめんけえなっ。自分らで、リンの目、治《なお》してみせるけえなっ！」

ウタのことばは、怒《いか》りをぶつけただけのものだと、そのとき、時雨《しぐれ》は思っていた。が、それには実は、ちゃんと根拠《こんきょ》があった。


村には、土もこのいいつたえがある。

土もこは、山のどこかにいる大きなネズミのような生き物で、気性《きしょう》があらく、攻撃的《こうげきてき》。土と同じ茶色の毛が生えていて、形は丸っこい。太ったもぐらににているが、もぐらのように土の中にもぐっているだけでなく、地

上も走りまわる。なかなかすばしっこくて、そのすがたを見た者の話も、つかまえた者の話も、かなりむかしのことらしい。茂吉《もきち》じいさんのそのじいさんの、そのまたじいさんぐらいが、つかまえて、やいて食ったという。

肉はぱさぱさしてあまりうまくなかったが、目玉をくりぬいて食べた村人の目が、見えるようになった。その村人は、リンと同じで、生まれつき目がほとんど見えなかった。

その村人は、悪いところと同じところを食えばいいという話を人づてに聞き、魚だろうが鳥だろうが、なんでも目玉をくりぬいて、食っていたそうだ。わらにもすがる思いでやったことが、あたりだったのだから、すごい。

以来《いらい》、目の悪い者のために、村人は土もこさがしをしてみるが、なかなか見つからないのだそうだ。

リンのために、村の女の子たちもさがしてみたが、まだそれらしき影《かげ》も見たことがない。

あきらめかけていた女の子たちは、ウタのよびかけでふたたびやる気に燃《も》えて、山にむかっていた。

リンもいっしょだ。どこに行くにも、目が見えないからといって、ウタたちはリンを置《お》いていったことはない。そして、さらに、きょうは男の子もいる。小雨《こさめ》だ。

小雨《こさめ》は、土もこさがしの話を聞いて、勝手についてきた。

「ぜったいに、見つけるけえなー」

先頭を行くモモとナナのきょうだいは、長い木のぼうで草むらをつつく。

「きっと見つかるじゃろ」

リンの手をひきながら、ミヤは目をこらして、草むらから飛《と》びだす動物を見ていた。

でも、がさっと音がしてでてくるのは、ウサギや野ネズミばかりだ。

「土もこ見つけたら、わたしがぜったいにつかまえてやるけんね。リンの目は、かならず見えるようにしてやるけんねっ」

ウタは網《あみ》と槍《やり》を持って、うしろでかまえている。

「網《あみ》は、おれにかしてよ」

小雨《こさめ》は、ウタのもっている網《あみ》をひっぱった。

「だめっ」

ウタは、網《あみ》をひっぱりかえす。

「なんだよ、おれがよそ者だからかい？」

小雨《こさめ》は、冷《つめ》たいウタに文句《もんく》をいった。

どきどきしながら、ほかの子どもたちは、ふたりを見守る。ウタは、ぼそぼそつぶやいた。

「そうじゃよ。よそもんのあんたに、おなさけで、ちいとだけ手つだってもろうてもなあ。それに、わたしら、男の子にたよる気ないけん」

それを聞いて、小雨《こさめ》は、ウタの網《あみ》をまたひっぱった。

「ふんっ、おれ、ちょっとだけ手つだうつもりなんてないから。見つかるまで、手つだうからな！」

女の子たちは、おどろいた。小雨《こさめ》は、土もこが見つかるまで、この村にいるというのだ。

「うそじゃろう」

ウタはうたがった。

「うそじゃないよ。ほら、かせって！」

小雨《こさめ》は力いっぱいひっぱって、ウタからついに網《あみ》をうばった。

さて、小雨《こさめ》がそんなことを宣言《せんげん》したことなど知らない時雨《しぐれ》は、ひとりで村の家をまわっていた。

「弟子《でし》が師匠《ししょう》をほったらかすなど、聞いたことがないよ、まったく」

とこぼしながらも、小さな村なのだから、ゆっくりのんびりまわればいいと思っていた。

土もこさがしについていった小雨《こさめ》の気持ちは、よくわかる。見つかればいい。けれど、こういういいつたえのたぐいはほとんど、人々の願《ねが》いが生んだ作り話なのだということを、時雨《しぐれ》はよく知っている。

「はあー」

時雨《しぐれ》は、ついため息をついてしまった。

その日、やはり土もこは見つからなかったようだ。

元気なく帰ってくると思っていた小雨《こさめ》は、予想外《よそうがい》に平気そうだ。

「気がすんだのかい？」

時雨《しぐれ》はあれっと思って、たずねてみた。あきらめたとしたら、小《こ》雨《さめ》にしてはめずらしい、あっさりしている。

「どういうこと？　あしたもあるからね、あしたこそは、見つけてみせるよ。あいつら、女ばっかりじゃ心配でさ。やっぱり男がいないとだめなんだ。おれ、見つけるまで、ここ、はなれないからね」

「え!?　もしかして、見つかるま

でさがすつもり？」

時雨《しぐれ》はおどろいた。

小雨《こさめ》は、もちろんという顔をしている。

「おれは、お師匠《ししょう》みたいに、あきらめられないんだ！」

そういわれて、時雨《しぐれ》は、ことばがでなかった。


朝になると、女の子たちがむかえにきて、小雨《こさめ》はでかけていく。

時雨《しぐれ》は薬を売るのも落ちついて、ほんとうならばもうつぎの村へむかうところだが、茂吉《もきち》じいさんにたのんで、もうしばらく置《お》いてもらうことにした。

茂吉《もきち》じいさんとおばあさんは、

「いつまでだって、いてつかあさいな」

と、よろこんでいる。

時雨《しぐれ》は、薬の材料《ざいりょう》になる野草をつんだり、笛をふいたり、茂吉《もきち》じいさんの畑仕事を手つだったりしてすごした。

おだやかでのんびりした日々は、気持ちがいいが、いつまでもここにいるわけにはいかない。

村の子どもたちと、毎日土もこさがしに出かける小雨《こさめ》は、すっかりみんなと仲《なか》よくなり、なじんでいる。土もこを見つけたい思いにかわりはないはずだけれど、子どもたちも小雨《こさめ》も、いつのまにか土もこさがしを楽しんでいるようだった。

(小雨《こさめ》は、ここにいたほうが、しあわせかもしれないなあ)

時雨《しぐれ》は、このところ考えていた。

男の子のいない村で、小雨《こさめ》は大切にしてもらえるだろう。たのめば、茂吉《もきち》じいさんとおばあさんが、ひきとってくれるかもしれない。

身よりのない小雨《こさめ》を弟子《でし》にして、旅を続《つづ》けてきたが、このくらしが、小雨《こさめ》にとってしあわせなのかは、時雨《しぐれ》にはよくわからないのだ。

自分は、ひとりでも生きていけるよう、お師匠《ししょう》にしこんでもらった。それはとてもありがたいことだ。感謝《かんしゃ》している。しかし、ひとりで生きていけるということは孤独《こどく》でもある。

たよる人がまわりにいるならば、だれかにたすけてもらったり、ささえてもらったりしながら生きていくほうがいい。ここに残《のこ》れば、小雨《こさめ》はそうして生きていける。

小川のほとり。からからと水車のまわる音が聞こえる。

時雨《しぐれ》はごろんと、ねころがった。しめった草のいいにおいがする。

（まあ、昼ねでもしようか……）

目をつむり、うつらうつらしていたとき、声がした。低くしゃがれたなつかしい声。

「時雨《しぐれ》よ……」

「ん、だれ？」

時雨《しぐれ》は、目をこすった。

「りっぱになったなあ」

(この声は！)

まさしくお師匠《ししょう》の声だ。時雨《しぐれ》は、あたりを見わたした。

「お師匠《ししょう》！」

水車のそばに、会いたかったお師匠《ししょう》は立っていた。

(これは夢《ゆめ》なのか!?)

時雨《しぐれ》は、胸《むね》がふるえた。

「旅を続《つづ》けていれば、いつかどこかで会えると信じていました。心臓《しんぞう》は、だ

いじょうぶですか？　今、どこでなにを……もしや、あぶない仕事をされているのでは！」

聞きたいことは、山のようにある。けれどお師匠《ししょう》は、

「今はまだ多くは語れぬ身、ゆえにすがたは見せずとも、影《かげ》ながら、おまえたちを見守り、おまえの笛の音を聞いていることもある」

「そうだったのですか……」

「まだしばらくは、わしは死ねぬ。案《あん》ずるな、わが弟子《でし》よ」

と、ほほえみながら、けむりのように消えてしまった。

「ああ、お師匠《ししょう》……」

時雨《しぐれ》は目をとじた。

「やさしい子ではないか、よい弟子《でし》じゃ。時雨《しぐれ》、しっかりと見つめ、みちびいてやるのじゃぞ……」

ぱたぱた、ぱたぱた。足音が聞こえる。

「つかまえたでー」

「土もこじゃ」

女の子たちの声がする。

「やったでー」

「わーいわーい」

女の子たちは一列《れつ》になって、道を走っていく。

ウタが持った網《あみ》に、なにか入っている。あれが土もこなのだろうか。

「小雨《こさめ》!」

時雨《しぐれ》は、前を行く弟子《でし》に声をかけたが、聞こえないようで、小雨《こさめ》は女の子たちとともにかけていく。

時雨《しぐれ》は、あとを追った。

子どもたちは、リンの家にむかっていた。

つかまえた土もこを、まずリンのおとっさんとおっかさんに、見せにいくつもりだ。

「土もこつかまえたでー、見てみぃ！」

ウタは、家の前の畑をたがやしていたリンのおとっさんとおっかさんに、網《あみ》をつきだした。

「土もこじゃゆうて、う、うそじゃねえよなあ」

リンのおっかさんは、こわくて、網《あみ》をのぞけない。

「まちがいねえわー」

モモとナナが、声をあわせていう。

「うごきょうるで……こりゃあ、見たこともない生き物じゃ」

おとっさんは、網《あみ》の中の生き物を、慎重《しんちょう》に見つめた。

「ぼくにも、見せてください」

追ってきた時雨《しぐれ》は、網《あみ》に近づいた。

「お師匠《ししょう》、やったよ！」

小雨《こさめ》が、目をかがやかせている。

生けどりにしてきた土もこは、からだは土のような茶色。大きなネズミを丸っこくしたようで、耳は小さく、目は大きくて黒いあめ玉みたいだ。ちーちーと弱々しく鳴いている。想像《そうぞう》していたのとちがい、おとなしい生き物のようだった。

「薬売りさまも、見たことねえんですか？」

おとっさんに聞かれて、時雨《しぐれ》は「はい」と答えた。

「これで、リンは見えるようになるんじゃなあ」

おっかさんは、手をあわせて、土もこをおがんだ。

土もこは、ちーちーと、か細く鳴く。

「そ、そうじゃ。こいつの目玉を……」

おとっさんはいいかけて、土もこの黒いあめ玉みたいな目玉を見た。目玉をうるませて、土もこはひどくおびえている。

この目玉をくりぬいて食えば、リンの目は見えるようになるのだ。けれど、それはなんてむごいことだろう。

つかまえるとき、土もこはあばれたが、逃《に》げようとするだけで、おそってはこなかった。おそらくこの弱い生き物は、肉食の生き物におそわれて数がへってしまったのだ。おくびょうで用心深くなり、なかなか見つからなかったのかもしれない。

「食べりゃあ、こいつ、死ぬんじゃなあ」

ミヤが、ぼそっといった。

「あ、あたりまえだろ。目玉くりぬいて、生かしとくほうが、ひでえわ」

と、ウタは下をむいた。

「……」

子どもたちは、だまってしまった。あんなによろこんでいた小雨《こさめ》も、うなだれている。

「さ、小刀もってけえ」

「は、はいっ」

おとっさんにいわれて、おっかさんは家の中に入っていった。

「おまえ、おさえとけっ」

「は、はいっ」

おっかさんは、おとっさんにいわれるとおりにする。

土もこは、ちーちー、なんともかなしく鳴いている。

「殺《ころ》してから、目玉とるかっ」

おとっさんは、小刀をふりあげた。

小雨《こさめ》は見ていられずに、目をそむけた。

かつて浜辺《はまべ》で、忍《しの》びくずれの男たちに追いかけられたことが、思いだされた。奇跡《きせき》の子ども小雨《こさめ》の内臓《ないぞう》には、価値《かち》があるのだと男たちはいった。時雨《しぐれ》にたすけられなかったら、小雨《こさめ》は男たちに殺《ころ》されていたかもしれない。

目の前のあわれな土もこと、あの日の自分がかさなる。ああ、だめっと、小雨《こさめ》はさけぼうとした。が、

「やめて！」

と、先に声をあげたのは、リンだった。

「おまえ、これで見えるようになるんじゃけん」

おとっさんは、小刀をふりあげたまま、くるしそうだ。

「やめて、おとっさん。こいつ、ふるえとる」

リンは、おっかさんから手さぐりで土もこをうばい、だきよせた。

子どもたちは話しあって、土もこを山に帰してやることにした。

網《あみ》からはなされた土もこは、ごそごそと草むらに消えていった。

「これからも、わたしらがおまえの目になるけえ、心配せんでもええ」

ウタがリンにそういうと、ミヤ、モモ、ナナも、

「そうじゃ、まかしとけ」

と、胸《むね》をはった。

「よろしゅうな」

リンは友だちに両手をのばし、四人はしっかり、リンの手をつかんだ。

少しはなれた場所から、それを見とどけた小雨《こさめ》は、歩きだした。

「お師匠《ししょう》、つぎの村に行きましょう」

「あ、ええ、うん。でも、その前に、ちょっと話があるんだ」

時雨《しぐれ》は、考えていたことを、小雨《こさめ》につたえた。この村に残《のこ》って、生きていくのはどうかという話。茂吉《もきち》じいさんにたのんでみようかと。

「旅には、またわたしひとりででればいい」

やさしい声で、時雨《しぐれ》はいった。

小雨《こさめ》はなにも答えず、すっと前をむくと、ずんずん歩いていく。

「小雨《こさめ》？」

時雨《しぐれ》がよんでみても、ふりかえらない。

そして、さっさと茂吉《もきち》じいさんの家にもどると、小雨《こさめ》は旅じたくをして、

「おせわになりました」

と、ぺこりとおじぎした。

「そんなにあわてんでも、なあ」

「あしたでも、えかろう。あとひと晩《ばん》、とまっていきゃあええがぁ」

茂吉《もきち》じいさんとおばあさんは、なごりおしそうだったが、小雨《こさめ》はきっぱりことわった。

「おれたちをね、待っていてくれる人たちがいるから。お師匠《ししょう》は、薬をくばる、で、おれは元気をくばらなきゃ！」

「そうか。こりゃあ、たのもしいお弟子《でし》さんじゃのう」

茂吉《もきち》じいさんは、感心した。おばあさんは、さみしそうにしながらも、

「がんばんねえよぉ」

と、見送ってくれた。

正直な気持ち、この村の子どもになるなんてちょっといいなと、小雨《こさめ》は思

う。しかし、時雨《しぐれ》との旅を、やめるつもりはない。
（これから、薬のことたくさん教わって、おれ、お師匠《ししょう》みたいな薬売りになるんだ）
小雨《こさめ》は、ひそかに願《ねが》っている。
病《やま》いで苦しんでいる人が、ひとりでも少なくなりますように。

ふたたび山道を進む時雨《しぐれ》と小雨《こさめ》の髪《かみ》を、さわやかな春風がなでる。
ふたりの旅は続《つづ》く。いつまでかどこまでかは、わからないけれど。
風にのって、さくらの花びらが飛《と》んできた。
花びらが、ふわふわ舞《ま》う。まるでふたりを見送るように。

作者　楠 章子（くすのき あきこ）

1974年、大阪府生まれ。第45回毎日児童小説・中学生向きにて優秀賞受賞。2005年、『神さまの住む町』（岩崎書店）でデビュー。主な作品に『古道具ほんなら堂〜ちょっと不思議あり〜』（毎日新聞社・読書感想画中央コンクール指定図書）、『はなよめさん』『ゆずゆずきいろ』（ポプラ社）、『ゆうたとおつきみ』（くもん出版）などがある。

画家　トミイマサコ

1980年生まれ。マンガ家、イラストレーター。マンガ作品に『マゴロボ』(講談社)『脳Rギュルー脳或公使ー』（夢野久作・原作／佐藤 大・構成／小学館）など。装画や挿絵を担当した作品に『妖怪びしょ濡れおかっぱ』（松原真琴・作／集英社）、『古道具屋皆塵堂』（輪渡颯介・作／講談社）、『黄泉坂案内人』（仁木英之・作／角川書店）などがある。

装丁　白水あかね

協力　有限会社シーモア

まぼろしの薬売り

2012年6月26日　初版発行

作　者　楠　章子
画　家　トミイマサコ
発行者　岡本雅晴
発行所　株式会社あかね書房
〒101-0065　東京都千代田区西神田3-2-1
電　話　営業（03）3263-0641　編集（03）3263-0644
印刷所　錦明印刷株式会社
製本所　株式会社ブックアート

NDC913　175ページ　20cm　ISBN 978-4-251-07303-7

http://www.akaneshobo.co.jp